캣콜링

캣콜링

이소호 시집

민음의 시 253

민음사

재는 분명 지옥에 갈 거야.
우릴 슬프게 했으니까.

2018년 12월
이소호

차 례

1부
경진이네

동거

내가 태어났는데 어쩌다 너도 태어났다. 하나에서 둘. 우리는 비좁은 유모차에 구겨 앉는다.

우리는 같은 교복을, 남자를, 방을 쓴다.

언니, 의사 선생님이 나 하고 싶은 대로 하래. 그러니까 언니, 나 이제 너라고 부를래. 사랑하니까 너라고 부를래. 사실 너 같은 건 언니도 아니지. 동생은 식칼로 사과를 깎으면서 말한다. 마지막 사과니까 남기면 죽어. 동생은 나를 향해 식칼을 들고, 사과를 깎는다. 바득바득 사과를 먹는다.

나는 동생의 팔목을 대신 그어 준다. 넌 배 속에 있을 때 무덤처럼 잠만 잤대. 한 번 더 동생의 팔목을 그었다. 자장자장. 넌 잘 때가 제일 예뻐. 동생을 뒤집어 놓고 재운다. 이불을 머리끝까지 덮어 주고 재운다. 비좁다 비좁다 밤이. 하나에서 둘. 하나에서 둘.

아무런 수축이 없는 하루

밤에는 낮을 생각했다
형광등에 들어가 죽은 나방을 생각했다
까무룩 까마득한 삶
셀 수 없는 0 앞에서 우리

대각선으로 누워 식탁에 버려진 아귀의 시체를 센다
삭아 가는 아귀의 눈알을 판다 우리는 저녁으로 아귀가
저지른 잘잘못을 울궈 먹었다 벙긋 벌리고 헤집고
닫는다 나는

곰팡이가 핀 아귀찜의 여린 살을 발라 먹는다 엄마는
부엌에서 아귀를 발라 내게 입힌다 나는 가방도 되고 통장
도 되고 남편도
된다 면장갑에 고무장갑을 끼고서야 내 손을 잡는 엄마
남기지 마 이런 건 가시까지 씹어 먹는 거야 엄마는 내
입을 벌리고 젖을 물렸다 엄마는 말아 먹는 것을 좋아하니
까 나는 입안 가득 우유를 쏟고 우유가 묻은 팬티를 입고
우유가 묻은 손가락을 목구멍에 넣고 삼키지 못해 둥둥 떠
다니는 내

혀

두루마리 휴지처럼 흐느끼는 엄마

엄마와
숟가락에 넘치는 아귀에 대해 생각했다
아무런 수축이 없는 하루에 대해
생각했다

언제나
밤이면 낮을 생각했다
우리는 식탁을 뒤로 걸었다
낯선 곳에 있으면 다정해졌다

우리는 낯선 사람의 눈빛이 무서워 서로가 서로를*

언니야 우리 둘이 살자 엄마 아빠랑은 전화도 하지 마 가끔 죽는 시늉은 정말 멋진 것 같아 이래야 니가 나를 보잖아 의사가 그러는데 폭력은 좋은 거래 폭력은 내가 아프지 않다는 증거래 봐 봐 몸 무좀이 생겼어 화가 분출되는 중이어서 이렇게 빨갛대 나는 말야 언니가 종교를 믿었으면 좋겠어 불평불만은 내가 좋아하는 그 신판데나 하는 게 좋겠어 그러니까 영원히 시집가지 말고 이렇게 둘이 살자 늙어 죽을 때까지 서로 의지하면서 살자 다음 생에도 언니랑 자매로 태어나면 정말 좋겠다 그제? 잊지 마 너같은 거 사랑하는 건 나밖에 없어 우린 가족이잖아 잊고게 내가 프라이팬으로 네 머릴 친 건 사랑하니까 그런 거야 내가 얼마나 사랑하는지 이제 알겠지 언니는 맞아야 말귀를 알아듣는 거 같아 같이 살 수 없다면 같이 없어지는 게 좋겠어 한날한시에 죽자 빨리 맹세해 내게 신판데 나랑 영원히 같이 살고 죽겠다고 이게 생각할 일이야? 정말이지 언니는 신기해 나를 기분 나쁘게 하는 재주가 있어 애초에 대화라는 걸 할 줄 모르는 것 같아 미안하다는 말 한마디로 모든 걸 때우려 하지 마 어떻게 너 같은 게 대학에 갔

는지 모르겠어 이렇게 멍청한데 때려야만 말을 알아듣잖
아 개새끼처럼

함께 세우는 교회

섬에 갔다

아버지는 언제나 기도를 했다
무너진 교회에서 자매님과 자고
이미 지은 죄를 입고 그 위에 예복을 입고
우리에게 축복을 내렸다

아버지는 일요일의 이름으로 스스로의 비밀을
용서하셨다

우리는 뜻에 따라 두 손을 모으고 지붕이 없는 비밀에
대해 생각했다
루프탑에서 기도 끝에 죽은 동물을 즐겨 먹었다
할랄, 알라의 이름으로
자매님의 자궁 속 루프를 생각했다
숨소리까지 루프를 걸었다
루프를 건 모든 것들을 지키자는 약속을
지키지 못했다

엄마와 나는 바짝 손톱을 깎아 놓고 잘못 깎은 손톱이 여기저기 튀어 오르고 옛날이야기처럼 아버지 거기는 팔뚝만 한 쥐가

되었다 밤이 낮이고 낮도 밤으로 다 가리고 아버지는 이불 속에서 숨죽여 찍찍거렸다 찍찍 믿었다 아래층 침대에 내가 누우면 아버지는 위층에서 침대를 흔들었다 아버지가 흔들리면 교회가 흔들렸다 오늘의 말씀 찍찍 아무도 십자가를 지지 않았는데 죄만 있었다

스팽글을 단 죄들은 빛도 없이 빛났다

나는 숯을 깎아서 아버지의 비밀을 적었다 여기서는 보이고 거기서는 보이지 않는 말을 뾰족하게 깎아 엄마를 찔렀다

보이지 않는 빛들이 말처럼 빛났다

경진이네
— 원룸

애인은 무릎이 나온 바지를 입고 나는 그보다 더 나온 무릎으로 방바닥을 기고 엎어진 상처럼 운다 맥주 같은 서른 그보다 한 병 더 까먹은 나는, 좆처럼 물면 희박하고 불면 무한한 밤이 완성되고 또 또 울면 여자가 된다 나는 여자처럼 새끼의 그늘이 된다 새끼는 뒤꿈치의 옹이에 붙어 나를 빨아먹고 직박구리처럼 신음한다 나를 빨던 애인은 내 시가 구리다고 했다 내가 들었다고 더럽다고

했다

나는 다 자란 애인을 남편으로 고쳐 적는다

그러니까 남편
늙으면 죽어야 해

잘하면, 늙어 죽을지도 몰라
냉장고에 꽁꽁 얼린 한 움큼의 남편 남편의 뺨을 개수대에 치대 본다 방바닥에 쾅쾅 치대 본다

왜 우린 그대로지?

네년이 나를 떼어먹으니 그렇지
입이 있음 처먹지를 말든가
말을 마

거짓말
네놈이 나를
살림을 같이 파먹고 살아서 그렇지

머리카락을 잘라 남편 주둥이를 사 왔다 남편은 비닐봉
지를 비집고 나와 내 종아리를 콱 물었다 물고 덤벼도 뭣
처럼 나는
척추를 한껏 오므리고, 남편 이에 정수리가 눌린다 뭣
처럼
벌어진 입이라고 벌린 입으로 남편은 내 시가 구리다고
했다 들었다고 더럽다고
했다 나는 오징어처럼 질경질경 씹히고
나 말고
그년은 다시 남편을 향해 맥주 한 병을 더 따고

경진이네
— 5월 8일

그날은 할머니 비가 오고
아버지의 넥타이를 가슴에 묶어 자른 할머니는
할아버지가 되었다 할아버지는
비옷을 잘라 만든 웨딩드레스를 입고
아빠가 오기만을 기다렸다

호상이든 죽상이든 그날이면

　엄마는 아빠를 기다렸다 아빠는 온 가족의 머리를 깎아
제사상에 올렸다 홀수여야 하는데 우리는 둘 둘 넷이잖아
어떡하지? 아빠는 밖에서 다른 여자를 주워다가 머리를
깎아 우리 집 식탁에 앉혔다 자 이제 우리 모두 모였구나
아버지의 아버지가 그랬던 것처럼 우리는 보살의 마음으로
까까머리가 되었다 죄를 지을 때마다 밥상의 머리 사과의
머리 뱃머리 밭머리 깃머리 모든 머리를 잘랐다 홀수가 될
때까지 계속 계속 머리를 잘라
　상에 올렸다

　누군가는 늘 외로웠다

아버지는 제기 위에 온 가족의 손바닥을 두고 못을 쿵쿵 박았다 이제 우리는 영원히 헤어질 수 없단다 가족이니까 아빠는 마지막으로 못 머리를 자르고 영원히 뽑지 못하게 두었다

이제 너와 나는 우리가 되었다

우리는 흰쌀밥을 찬물에 말아 먹었다 한지에 우리 이름을 적고, 서걱서걱 과도로 갈라 먹고 우리는 글이 되었다 꾸깃한 종이로 서로를 감싸 안고 까맣게 까맣게 종이를 채웠다

우리는 문장에 머물렀을 때 가장 아름다웠다

엄마를 가랑이 사이에 달고

잘린 배를 사각빤스로 가렸다
두피가 훤히 드러나는 정수리를 들켰다
나는 헤진 머리카락을 가발로 덧씌우고
엄마를 아빠 몰래 배 안에 숨긴다

하루 이틀 나는 엄마를 가랑이 사이에 달고 숫자를 센
다 사흘 나흘 그렇게 열 달 동안 꾹꾹 밟고 나온 방광으로
질질 엄마를 낳고 엄마를 키우고 엄마를 먹이고 입히는 동
안, 아빠는 노랗게 물든 사각빤스 안에 고추를 넣고 밤마
다 고무줄놀이를 했다 한 달 두 달

통통

고추는 오줌보를 터트리고 배를 터트리고 다리 사이를
터트렸다

자장자장 우리 엄마

나는 엄마 입안에 밤을 송이째 물리고 아빠의 갈비뼈를

고아 재웠다 알지? 다 엄마를 위해 그런 거야 그러니까 찍소
리도 내지 마 우린 아빠 갈비에서 태어났잖아 일요일에 조
느라 또 못 들었지? 아빠는 하늘 우리는 땅 하늘 땅 별 땅

퉤퉤

나는 대추처럼 잔뜩 쪼그라든 채로, 음부를 명주실로
꿰매고 연고를 덕지덕지 바르고 한 달 두 달 열 달 통통
　기다렸다 나를

있잖아 엄마, 배 안에 누굴 태운다는 것은 정말 징그러운
　　　　　　　　　　　　　　　　　　　　　일이야
　　　　징글징글하지 그러니까 아빠한테는 비밀이야
　　　　　　　　　　　　내가 아직 여자라는 건

나는 닭처럼 돋은 살을 다 뜯어냈다
물었다 엄마에게
솔직히 말해 봐 이젠 처녀 같아?

가족에 관한 명상 1

우리는
물수제비처럼
둥둥
물 위를 걸었다
내리지 못한 한 덩어리의 우리가
수면 위로
떠올랐다

경진이네
—— 거미집

엄마는 다리를 혐오했다
다리 밑에서 주워 온 우리를

언제나 비좁은 우리의 요람
밤마다 침대에는 온 가족의 다리가 뒤엉켰다
이 이는 사 이 사 팔
시팔
그날, 엄마가 낳은 1989개의 동생

　　　　　햇빛이 사라지면
　　　　거미는 줄을 타고 올라간다

가진 게 다리뿐인 우리는 살아야 했다
　배고플 때마다 이불 속에서 똥구멍을 조이는 연습을
했다
　한 호흡에 한 번씩 조여지는 똥구멍, 수축하는 질

　불행히도 엄마의 자궁은 1989개의 동생을 낳은 후로 늙
고 닳았다

젖을 빠는 대신 우리는 자궁에 인슐린을 꽂고 매일매일
번갈아 가며 엄마 다리 사이에 사정을 했다
그때마다 개미가 들끓었다

잘 들어 엄마
엄마는 이제 여자도 뭣도 아냐
내가 이렇게 엄마 다리 사이를 핥아도 웃지를 않잖아
봐 봐
이렇게 손가락 세 개를 꽂아도 느낄 줄 몰라 엄마는

나는 문을 꼭 닫았다

천구백팔십구 천구백팔십팔 천구백팔십칠 천구백팔십육
천구백팔십오 천구백팔십사 천구백팔십삼 천구백, 천구백,
천구백

백
……백 ……뻑

가진 게 다리뿐인 나는
살아야 했다

엄마를 향해 사정을 했다 다리 사이로 개미들은 끓고,
턱을 벌리고 엄마의 축 처진 살을 꼬집었다
울었다 엄마는
영등포 로터리에서 핑크색 유두를 잃어버린 소녀처럼 똥
파리가 들끓는 1989명의 동생을 뜯어 먹으며

비가 오고 줄은 끊어졌다
거미는 줄을 타고 내려간다

하얀 천과 삼베 탄수화물과 초콜릿 구더기와 거머리 그
리고 씨 다른 아빠, 아빠, 아빠

나는 이미 죽음의 추상에 대해 알고 있었다

이제
가족을 말하지 않고 나를 말하는 방법은

핑계뿐이다

"엄마는 늘 내게 욕을 했어요
애미 잡아먹는 거미 같은 년이라고"*

햇빛은 사라지고 나는
다리를 모두 벌린 채 다른 가지에 집을 지었다
빗방울에도 쉽게 부서지는 집을

* 벨벳 거미는 자살적 모성 보호가 있는 곤충으로, 산란 후 어미가 자식들
에게 자기 몸을 먹이로 내어 준다. 이는 모성의 가장 극단적인 사례로 손
꼽힌다. 그리고 그 극단적 모성은 숙명이다. 자식의 미래는 어미이기 때
문이다. 어느 날 할머니께서는 이것에 관한 다큐를 보고 엄마에게 욕을
하셨다. "거미 같은 년"이라고. 나는 그날을 기억한다. 엄마는 아이처럼
방문을 꼭 걸어 잠그고 서럽게 울었다.

복어국

죽겠다고 고백한 날 동생도 고백했다.

너 사람 죽여 봤어?
성녀인 척하지 마 너도 중절 수술한 적 있지
자궁에 혹도 있을 거야 더러운 년

그러니까 약을 꼬박꼬박 먹었어야지 멍청한 년아

그날 우리는 미역국 대신 복어국을 먹었다. 각자 방에
가서 먹었다. 아무리 발라내도 복어에는 독이 있을 것 같
아. 우린 죽을지도 몰라. 우리는 복어국을 먹고 부르르 떨
었다. 며칠 뒤 복어 냄비에 구더기가 들끓었다. 우리는 그
걸 국자로 퍼먹었다. 똑똑히 들어. 내가 꼭 너보다 먼저 죽
을 거야. 구더기를 씹던 동생이 말했다.

지긋지긋하게도 오래 사네
죽겠다더니 아직도 살아 있잖아?

걱정 마 니가 죽으면 나도 그때 죽어 버릴 거야

밤마다

나는 동생의 살가죽을 덮고 동생 방문 앞에 섰다. 방 안
에서 비닐봉지를 얼굴에 쓴 동생을 봤다. 행거에 걸린 허
리띠로 제 목을 조르는 동생을, 눈앞에서 대롱대롱 흔들리
는 동생을 봤다. 방바닥에 말라 비틀어진 하루하루를 지우
며, 나는 흔들리는 동생의 목에서 허리띠를 풀었다. 노크를
한다.

똑똑
내가 미안해

죽겠다고 고백한 날 나도 고백했다.

똑똑
너 사람 죽여 봤어?
성녀인 척하지 마 너 같은 게 제일 더러워

시진이네
—— 죽은 돌의 집

집을 지었다
손끝이 빨개질 때까지 블록으로 집을 지었다
블록 조각이 사라질까 두려워 졸면서도
우리는 서로의 방을 지었다

언니는 마지막으로 내 방을 지으며 말했다
너는 나를 버릴 거야

아냐 언니
내가 언니를 위해 거실에 천원점*도 박아 놨어
이제 여기 기둥서방만 박아 넣으면 돼
잊지 마 나는 언니를 사랑해

내가 형부를 언니처럼 어르고 달래고 만지는
사이

언니는 천원점을 잊고, 언니는 언니를 앓고 날마다 방구
석에서 말라 갔다

더러운 책걸상 머리카락 침대 그리고
잠만 자는 언니의 삼십 년간의 주말

그러니까 언니 대신
내가 형부를 언니처럼 어르고 달래고 만지는
사이

형부와 나는 거실 가운데 땅따먹기를 하고
언니에게 펀치를 날린다

바보야 때리는 사람과 맞는 사람의 차이는 한 끗 차이
아니겠어?
그러니까 우리는 가해자가 아냐
울지 말고 일어나 언니

언니는 여전히 집 안에 있다

우리는 숨구멍을 철 수세미로 찔러 놓고 쇠붙이를 잘근
잘근 씹어 대는 언니의 숨소리를 들었다 집을 짓던 빨간

손으로, 피도 가시지 않은 언니를 먹는다 뼈는 남기고 살코기만 먹었다 언니를 빨던 빨간 우리의 손가락도
   먹었다

네모로 만든 집 우리가 우리로 묶이는 네모난 식탁

언니는 길 잃은 치매 노인처럼 집이 없다고 했다

나쁜 년

우린 너를 이렇게 사랑하는데
정말 아무것도 기억이 안나?

아무도
아무도 우리였던 우리를 기억하지 못했다

언니는 여전히 집 안에 있다

우리는 거실에 두 집 살림을 차리고 하얀 블록을 집었

다 언니는 남겨진 까만 블록을 집고, 쌓으며 울었다
  우리는 알고 있었다
  까만 블록은 언제나 불리하다
  까만 블록이 전부 공배**라는 사실을 우리는
  알고 있었다

* 천원(天元)은 바둑 용어 중 하나로 바둑판의 중심점을 말한다.
** 바둑에서 어느 쪽이 두어도 이익이나 손해가 없는 빈 밭을 일컫는 말.
  둘 곳을 다 둔 뒤에 이 자리를 메운다.

별거

마스카라로 서로의 음모를 빗었다

다리에 드리운 밤의 가지는 점점 길어졌다

보푸라기처럼 닿으면 닿을수록 망가지는 우리

언제나처럼

사랑한다는 말만 남고 우리는 없었다

2부
가장 사적이고
보편적인 경진이의
탄생

오빠는 그런 여자가 좋더라

뭘말하고싶어?아프면죽이나끓여먹지왜나한테전화해?나이제욕하는것도지쳐너욕하고싶은거참고있는거지그런거지뭐가두려워?나는내모든것을나눠줬는데넌만족할줄을몰라이래서난우울한여자는싫어야징징짜지말고똑바로말해그리고말하기전에다시한번생각좀해봐내가이렇게무식한여자랑사귀었었나?너똑똑하잖아그런것아니잖아대화가되잖아그러니까뭘아는것처럼행동하지마오빠가차근차근알려줄게다널위한거야야너나못믿는거야?농담인데왜정색을하고그래전에도말했지만니가기세고예민해서우리연애까지불행해진거야다른남자였으면진작헤어졌겠다이번에도봐줬다내가다음부터그러지마정힘들면술마시고잠이나자너그런거잘하잖아어차피너곧풀릴건데지금그냥기분좋게끊으면안돼?아까너입은옷못봐주겠더라돈생기면옷이나한벌사라보세말고브랜드있는걸로나안쪽팔리게야나니까이런소리하는거야나만한남자어디가서못만나오빠는변한게아니라니가변한거야초반엔꾸미는척이라도하더니요즘엔긴장도안하나봐아무튼난바빠서그래그것도이해못해?일없으면취미를가지던가티비를봐나만쳐다보지말고난생산적인여자가좋더라오늘뭐했는지알아서뭐하게그만좀물어봐지금의심하는거야?집착하는것도아니고

니가이럴때마다미칠거같아이러니까네가그동안남자들한테
차인거야나니까지금까지같이사귀는거야서운하게생각하지
마연인사이에이런말도못해?우린이세상누구보다제일가까운
사이잖아너생각하는건나뿐이야잊지마그러니까너오빠한테
잘해

나는 스페인어를 읽지도 쓰지도 못해요*

¿Hablas español? Dijo que hablabas, pero tú no lo dijiste. Sólo escucha. Responde correctamente. ¿Por qué no puedes hablar bien? ¿Sabes solamente inglés? ¿No sabes hablar español? Las mujeres orientales no pudieron hablar español. Solamente son idiotas que saben hablar inglés. ¿Tú también eres idiota? Si no es así, ¿me estás diciendo que no entiendes? Eso es muy ridículo. ¡Oye! Me siento mal por eso no puedo conducir más. ¡Si camina por 10 minutos, hay un hotel! ¡Sal de mi taxi! ¡Maldita loca!

---

* 아가씨 스페인어 할 줄 알아? 조금 할 줄 안다고? 말할 수 있다면서, 너는 말 안 해? 듣고만 있잖아. 똑바로 대답해. 왜 제대로 말을 못해? 설마 너는 영어만 할 줄 알아? 스페인어도 말할 줄 모른단 말이야? 동양 여자들은 스페인어를 못하더라. 영어만 아는 바보들이야. 너도 바보야? 그게 아니라면, 내 이야기를 못 알아 듣는다고 거짓말을 하는 거야? 존나 어처구니없네. 야! 나 기분 나빠서 더는 운전 못하겠어. 여기서 내려. 십 분 동안 걸어가면 호텔이야! 내 택시에서 내려! 이 미친년아!

43

캣콜링

헤이뷰티풀 순백의 빅토리아 시크릿 이매진 *웨얼아유고 잉* 허밍으로 *돈츄스피크잉글리쉬* 침 튀기는 안초비 프린 스 *두유해브타임* 개들이 살 비비는 센트럴 파크 따발총 칭 챙총 호퍼의 창문 하루 종일 *키스미* 미트볼 뚱뚱한 금요일 고져스 에이비씨 애비뉴 전깃줄에 묶인 발레리나 *행아웃위 드미* 한밤중의 *컴히얼* 망아지 산책 교실 인용구로 남은 스 *마일걸 아유얼론* 뒤뚱뒤뚱 섬마을의 소낙비 *드링크위드미* 계단 위의 미로 허드슨 리버 가운데 굶주린 바케쓰 *왓츄 얼폰넘버* 소호 허니 도살장 *나이스바디* 플라타너스 *아이러 브* 교회 탑 사방의 호각소리 *마이럽* 엉킨 바지를 벗었다 *룩 앳미* 여러 켤레의 히치하이커 *헤이 헤이룩앳미* 젖은 레코드 판 빈티지 미녀 *룩앳미걸 두유워너퍽* 수수깡으로 지은 경 찰청 헬로헬로 종이컵 속에서 짤랑짤랑 우는 치나* 오솔길 지름길 *아유이그노잉미* 낯선 몸과 학교로 가고 구석에서 조는 *퍼킹비취* 엄마 괜찮아요 잘 살고 있어요 행복해요 그 사이 나의 소원은 *고백투유어컨트리*

---

* china. 스페인어로 중국, 혹은 중국인을 뜻하는 여성 명사.

전의를 위한 변주

합의합시다*

제 1막

1887년 런던 화이트 채플 경찰서. 책상 하나를 가운데 두고 존슨과 경감 1, 2 앉아 있다. 책상 위 세 사람의 손, 타자기, 서류 뭉치, 연필이 어지럽게 흩어져 있다. 경감 1 타자를 치고, 경감 2 든다. 이어 머리를 쥐는 존슨. 모든 소리 불규칙적으로 계속된다.

존슨　(의자에서 벌떡 일어나) 억울합니다. 남녀가 밤을 보내는 것이 어찌 죄가 된단 말입니까. 그녀도 내심 좋았으니 내 집, 내 침대에 스스로 자빠진 것이 아니겠습니까?

경감 1　(마주 보며) 역시 그렇군요.
경감 2　자자 우리는 여기서 빠지는 게 좋겠소. 신사는 다른 이의 사생활엔 끼지 않는 법이라오.
경감 1　사랑싸움이라니 참으로 좋을 때로군!

암전

제 2막

직물 공장 제 1사무실. 방 안에는 두 개의 의자 그 위로 백열전등 흔들린다. 존슨 걸음을 옮겨 오른편 의자에 앉는다. 이때 문 열리는 소리. 사이 비집고 들어오는 기계음과 발소리. 존슨 자세를 고쳐 왼쪽 의자와 마주 앉는다.

존슨   (왼쪽 바라보며) 정말 몰랐다고 할 것입니까? 할 말이 있다며 늦은 밤 집으로 찾아와 놓고 이제 와서!

침묵

존슨   분명 돈이 필요하다 하지 않았습니까! 너무도 뻔한 것 아닙니까?

존슨   긴 말은 거두겠습니다. 제가 고민을 덜어 드리겠습니다. (얼굴을 잠시 감싸 쥐고) 거리에 나앉겠습니까, 아니면 합의하시겠습니까?

존슨   런던 사람들 중 누가 당신의 말을 믿을까요?

아주 긴 침묵

흰 종이 몇 장이 무대 위로 떨어진다. 존슨 종이를 모아 잠시 읽는다.

존슨   보십시오. 저는 죄가 없습니다. 그녀도 그것을 인
        정하지 않았습니까? 저는 선량한 시민입니다!

* 이 작품은 영국 화이트 채플 지역 자본가 존슨 F. 밀러가 자신의 직물 공
  장 노동자 앨리스 스미스를 강간한 혐의를 받고 약 삼 개월에 걸쳐 무혐
  의를 입증하는 과정을 각색한 것으로, 사건의 전말은 1887년 11월 25일
  《데일리 뉴스》의 기사 「산업 부르주아를 향한 여성 노동자의 도 넘은 공
  격, 앨리스 스미스 사건」을 바탕으로 작성하였다.

가장 사적이고 보편적인 경진이의 탄생

"지는 얼마나 깨끗하다고 유난이야 못생긴 주제에 가서라도 잡에 갔아야지"

마시면 문득 그리운

소호 뭐해? 다른 사람들한테 아직 내 이야기 안 했지?
나중에 우리 여행 갈래. 이 말을 하려고 전화한 건 아니고
그냥 오늘 너무 슬퍼. 같이 있어 주면 안 돼? 나 있는 곳으
로 올래? 여기 연남동이거든 택시 타면 금방이야. 이상하
게 술 마시니까 네 생각이 나네. 그냥 너 같은 여자랑 사귀
면 어떤 기분이 들까 그런 생각. 아니다. 우리는 남들처럼
그렇게 유치하게 만나지 말자. 그냥 좋으면 좋은 대로. 나
는 소호가 쿨해서 좋아. 예술하는 여자들은 보통 여자들
이랑 다르잖아. 자유롭잖아. 얽매어 있는 거 싫어하지 나처
럼. 그러니까 구속하지 말자. 마음이 서로 맞는다는 게 중
요한 거잖아. 그냥 이렇게 만나서 술 먹고 더 맞으면 자고
그러자. 야. 우리가 무슨 사이냐니. 그게 뭐가 중요해. 너나
나나 나이 먹을 만큼 먹었잖아. 도대체 네가 생각하는 연
애의 기준이 대체 뭔데? 남녀가 정기적으로 만나 놀고 먹
고 자고. 그거 우리 지금 하고 있는 거잖아. 꼭 연인끼리
만 그런 걸 해야 해? 난 아직도 네가 뭐가 불만인지 모르
겠어. 여자들은 정말 이상하지. 멀쩡히 잘 만나다 꼭 이러
더라. 됐어 기분 다 망쳤어. 너는 있는 그대로의 우리를 볼
줄 몰라.

송년회

내가 요즘 신인들 시집을 자주 보잖아. 잘 들어 시라는건 말이야 미치는 거야. 지금 네 상태에서 한 발자국 더 나아가야지. 독자들을 니 발밑에 무릎 꿇게 만들어야지. 선배들 니들 좆도 아니야 이런 마음으로 나도 뛰어넘어야 하는 거야. 그래 알지 너 시 잘 쓰거든? 시를 못 쓰면 내가 이런 얘기 하지도 않아. 근데 니가 가족 시를 쓴다는 그 행위 자체에 매몰되어 있는 거 같아. 니가 이해를 못하는 거 같으니까 예를 들어 볼게 너 제일 좋아하는 시인이 누구야. 그래 최승자처럼 되고 싶다며, 근데 넌 최승자가 될 수 없어. 다르거든 이 세상에 최승자는 최승자 하나야. 니 시는 말야 뭐랄까. 끝까지 안 간 느낌? 더 갈 수 있는데, 지금보다 더 극단으로 가야 한단 말이야. 예를 들어 볼게 극단으로 간 시인이 누가 있을까 그래 최승자.

내가 보기에는 말이야 니가 착한데 나쁜 척을 하니까 그런 거라고. 그게 진짜 너라고 생각하면 독하게 밀고 가란 말이야 미친년처럼. 시의 끝에 매달려 있으란 말이야. 거기서 한 발짝 더 나아가란 말이야. 말해 봐 넌 어떤 시인이랑 싸워서 이길 거야? 어떤 시인이랑 겨룰 수 있다고 생각해 니가. 니 시는 말야 솔직히 아직 아무도 못 이겨.

사과문

안녕하세요, 시 쓰는 이소호입니다.

먼저 저를 사랑해 주신 독자 여러분께 심려를 끼쳐 드려 죄송합니다. 문단이라는 곳에서 살아남고자 매번 새로운 것을 써야 한다는 부담감 때문에 이 같은 실수를 빚었습니다. 특히 별생각 없이 쓴 말 한마디에 몇몇의 독자들이 상처받을 수 있다고 생각하지 못했습니다. 시라는 틀 안에서는 어떤 문장이든 용인될 것이라 생각했습니다. 오늘의 일을 발판 삼아 앞으로는 자극적인 단어는 지양하고 작가로서 신중하게 생각하고 행동하는 사람이 되겠습니다. 문학으로 빚어진 실수를 더 좋은 문학으로 보답할 수 있도록 최선의 노력을 다하겠습니다.

감사합니다.

3부
한때의 섬

한때의 섬

밤마다 뒤척이는 소리를 듣는다

우리 집 침대는 외롭다

거대한 캔버스

죽은 맨드라미와 모빌

부싯돌처럼

서로의 머리가 깨지는 줄도 모르고

낡은 성냥갑에 갇혀 있는

자작나무

불길한 우리는 침묵했다

숲은 겨우내 거울 안에서

우거지고 있었다

반짝이는 야광별

순한 처마에 흐트러지는 빗방울

마주 본 등은 익숙하고 무서웠다

나는

쓸모없는 그림이 되었다

망상 해수욕장

서로의 얼굴에 모래성을 쌓는 해변의 연인. 파도는 전화 벨처럼 밀려와 발자국을 밀어냈다. 나는 내 발자국으로부터 구명당하고 싶어 양손을 흔들었다. 파도를 걸어온 우리. 여전히 망망대해의 스티로폼보다 못한 우리. 그는 고무 튜브라서, 나는 불어도 불어도 부풀지 않는 튜브라서 우리는 가라앉지도 못했다.

우린 알록달록한 거대한 우산 아래 누워 햇빛을 피했다. 그가 쓰레기를 모아 기타를 퉁기며 쓰레기만도 못한 노래를 부르는 동안 나는 여전히 주둥이부터 꽂힌 빈 병처럼 그렇게 널브러져 있었다. 해변이란 모래알들이 알알이 모여 영원히 하나가 되지 못하는 곳. 손에 손잡고 아이엠그라운드를 외치면서도 이름은 끝까지 모르는 곳. 나는 망상이 신다 버린 슬리퍼 한 짝과 다정히 걸었다. 방파제 우뚝 솟은 자리부터 모래가 한 움큼 씹히는 비닐 돗자리까지 서로를 나누어 먹으며.

혜화

나는 나 같은 너에 대해 말한다 당신이 파 놓은 구멍마다 들어가 보는 고양이처럼 너라는 나에 대해 말한다 모자란 2월의 날들을 걸어 놓은 옷걸이 푹 삶은 하얀 양말을 신고 건너간 수화기 너머에는 내가 버려 놓은 말들이 떨고 있다 먼지 위에 쌓아 올린 일기처럼 문턱을 넘지 못한 발가락처럼 나는 나보다 멀리 가 떨고 있다

나는 당신으로부터 있다

나는 네 침대에 놓인 긴 머리카락보다 말이 없다 말을 뒤집어 우리는 뒷면을 응시한다 하루의 뒷면, 칫솔의 뒷면, 크랜베리 빵의 뒷면, 미키마우스 티셔츠의 뒷면, 그리고 섬의 뒷면 당신은 잘린 손톱처럼 외롭다 섬, 섬 나는 스위치를 내리고 불 꺼진 등대를 생각한다

밤섬

물어뜯긴 손톱이 비로소 마음을 들켰다

빗방울 하나가 떨어졌다

나는

우산에서 쫓겨난 어깨처럼

젖어 있었다

루즈벨트 아일랜드

빛 속에서 그늘을 들쳐 업고 너와
섬에서

물담배 피우고 싶다. 글라스로 와인 한 잔을 시키고 시
에 대해서 이야기해 주고 싶다. 그럼 넌 내 눈을 보고 그림
이야기를 하겠지. 여러 개의 시선이 뒤섞인 세잔에 대해서.
세잔을 말할 때 반짝이던 네 눈에 대해서, 쓰겠지. 좁은 캔
버스에 갇힌 검은 침대와 컵과 흰 장미를. 한 쌍의 브래지
어를 우리에게 채우는 나라에 대해서. 그럼 우린 왜 이 순
간이 위대한지 말하겠지. 우린 섬에서 또 다른 섬에 가 눕
겠지. 사람들의 눈을 피해 네 방에 앉아서 맨해튼을 바라
보겠지. 내일은 그랜드 센트럴에 가서 우리 주니어스 치즈
케이크를 먹자. 먹으면서 왕가위 영화를 보자. 이랑의 노래
를 듣자. 들키지 말자. 그리고 우리 참 지질하다고 웃겠지.
목에 커튼을 걸고 거울 앞에 서서 우린 잘 어울린다고 말
하겠지. 이렇게 사랑하는데 어째서 사랑이 아니야?

웃겠지

내가 돌아가는 그날은 눈이 아주 많이 왔다고 네가 그
랬다. 뉴욕에 있는 사람들 그 누구도 집 밖으로 나가지 못
했다고 그랬다 네가.

네가 살지 않는 상하이

네가 그린 그림은 너무 작아 역전에 쭈그리고 앉아 우는 꽈배기 양변기에 갈긴 미더덕 나는 집을 너는 하구를 나루를 그렸다 와이탄과 고무장화 늙은 반찬과 추시계를 캐 먹는 신천지. 찢어진 도시 사이 가져다 붙인 다리 거긴 우리의 작은 섬이었지 산성비를 맞은 레몬나무 아래서 서로를 물어뜯을 뿐 죽일 줄 몰랐지 까닭 없이 산책은 늘 고단했지 우리는 먼 곳에서 더 먼 곳을 향해 걸었다 각자의 벽에 걸린 뒤에야 서로를 보았다 푸른 비눗방울들이 네 손바닥 위에서 툭툭 터지는 광경을 먼지 구덩이 속에서 마른 세수를 하는 비둘기를 수은을 덧칠한 유리창에 거꾸로 매달린 내 얼굴. 불붙은 액자에 머리를 비빈다 성조와 리듬 사회주의자처럼 만두처럼 찜통에서 죽고 입김에 젖어 가던 4월 네가 그린 하구에 나루에 난파된 배 위에 못으로 그린 초상화 뚜이부치 더러운 여행이었지 이제는 사라지고 없는 섬 안의 두 사람. 밤이 우산을*, 새긴다 우산이 밤을, 찢는다 트렁크에 질경이를 심던 미장이들이 축대 없이 지은 호스텔 자개장롱에서 쏟아지는 솜이불 더블 침대에 홀로 누워 살점을 다 떼어 낸 사람들이 규칙 없이 걷는 광장을, 바라보는 일 칼자국이 난 돌멩이들에게 치여, 죽는 일 먼 세

64

계에 버려진 후에야 우리는 그릴 수 있었다

* 장대비가 쏟아져도 중국의 연인들은 함께 우산을 쓰지 않는다. 발음처럼
  傘이 散이 될 거라고 믿기 때문이다.

사라진 사람과 사라지지 않은 숲 혹은 그 반대*

너는 쓴다

아름드리나무 사각사각 부서지는 햇볕 속에
당신은 나 홀로 종이 위를 걷게 하고. 거기 섬, 숲, 나무,
다리 없는 의자, 아귀가 안 맞는 조개껍데기, 무리를 짓다
홀로 툭 떨어져 버린 새 한 마리를
쓴다 페이지의 끝에서 너는
마침표 한 줌을 사고

다시
나는 적힌다
만남이 커피로 맥주로 침대로
너무나 익숙해진
그렇고 그런 사람으로

원래 인물이란 입체적인 거잖아
변하는 게 뭐가 나빠?

나는 따옴표를 열고
너의 문장으로만 울었다

"좋은 사람. 좋은 사람. 그럼에도 좋은 사람."

바닥에 널브러진 뻣뻣한 빨래들처럼
아무렇게나 구겨지고 흩어지다 마구잡이로 입혀진다
너의 알몸 그대로 나는

슬픔이 리듬을 잃어 가는 일을 묵묵히 바라보며

서로의 눈동자 속을 잠영하는

이제 우린

인사는 가끔 하고 안부는 영영 모르는 세계로 간다

이 빼기 일은 영

아무것도 아닌 채로

적힌다. 소호야 나무를 보지 말고 숲을 봐. 색 색깔로 칠
해 봐. 밀가루 반죽처럼 온종일 치대다 어거지로 뚝뚝 떨
어졌던 시간을, 그려 봐. 멀고도 먼 눈을, 손을, 그보다 더
멀리멀리 놓여질 등을, 상상해 봐. 검은 크레파스로 덧칠한
우리 둘만의 밤을. 잘 봐 이제 거길 클립으로 파서 단 하나
뿐인 세계를 만들자

어때 이 정도면 더는 슬프지 않지?

우리는 숯처럼 새까만 숲을 걸었다
네 뒤를 졸졸 따르며 가끔
내가 실수로
클립으로
도려낸 너의 마음에
가슴을 대었다
떼 본다

춥다

연습

밥 한 끼 먹자던 가벼운 약속처럼, 시간이 자리를 내어주면 우리는 비로소 체온을 잃지. 울창한 육체 사이로 마지막 잎새 같은 당신의 손바닥. 깍지를 끼고 날마다 빗금을 그으며 남겨진 날들. 접시 위에 살갗을 거슬러 절반의 옆모습 절반의 뒷모습을 포개어 두고 재회한 우리. 매 순간 감사하는 마음으로 식전에 명복을 빌어. 우리가 즐겨 했던 거룩하신 뜻에 따라 수포로 돌아가야만 하는 일들에 대해서. 반복되고 반복되는 오늘과 같이 벌거벗은 우리는 멀미를 하고 여전히 귓가엔 고백들이 방을 나서는 소리. 당신과 온 생애를 거슬러 마지막 음표를 마치고, 처음으로 되돌아오는 길. 당신이 끝끝내 가지고 돌아온 나는 이미 오래전 잊힌 걸 알게 되더라도 놀라지 않는 연습을 할 테니, 당신은 오늘의 거짓말을 영영 들키지 말길.

반사경*

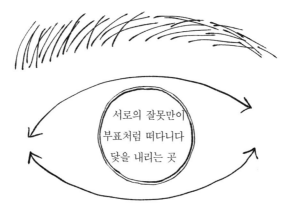

서로의 잘못만이
부표처럼 떠다니다
닻을 내리는 곳

* 웹툰 작가 하양지가 그린 그림 안에 이소호의 글을 담았다.

4부
경진 현대 미술관
(Kyoungjin Museum of
Modern Art)

조우*

마지막 기회예요
돌아갈 수 있는

1분
오빠가 말했다

경진아 네 덕분에
난 좋은 사람이 될 수 있을 것 같아

좋은 사람은 없어요 말처럼
말은 고삐가 풀리자마자 개새끼가 되었다 말을 씨부린 지

1분

도 안 되어 나는 시흥동의 골방에서 개새끼와 몸을 부
둥켜안았다 창밖에는 꽃가루가 휘날렸다 오빠의 기침이
내 뺨을 쳤다 나는 꽃가지를 흔들었다 몽우리 진 오빠의
침이 내 뺨 위로 쏟아져 내리도록 가지를 마구 흔들었다

1분

눈 뜨고 들어 봐, 경진아

재즈는 베이스 리듬을 따라가 나는 말대로

베이스가 찍은 발자국을 따라갔다 구려요 오빠 베이스는 아무리 들어도 모르겠어요 나는 그냥 부는 게 좋아요 부는 걸 따라 하는 게 좋아요 트럼펫, 색소폰 있잖아요

그런 거

1분

말처럼, 우리는 재즈를 들으며 만리장성을 쌓고, 만리장성의 중심에서 만나기로 했다 오빠는 베이스를 들고 나는 색소폰을 불었다 우리는 다리를 한 가닥으로 땋았다 한 발로 침대를 건넜다

그래! 이런 게 잼이지

1분

우리는 날카로운 돌을 깎아 침대 가운데 또 다른 만리
장성을
쌓았다 사이, 사이 돌탑을 쌓으며 쌍욕 섞인 소원을 빌
었다

내가 먼저 더 뾰족한 돌을 발견했다면

  내가 먼저 네 머리를 찍어 죽였겠지

오빠 말해 봐요 이런 게 잼이에요?

1분

두비 두밥 퉤, 퉤, 퉤
마지막 돌을 깎아 올리던 경진이가 죽었다
드럼 스틱으로 엉덩이를 맞던, 피아노의 검은 건반만 골
라 치던, 스캣을 읊조리던

경진이가 죽자, 오빠는 말했다

1분

소호 씨 이제 어디 가지 말아요

1분

한때 연애하던 경진이에게

오빠는 말했다

마지막 기회예요
돌아갈 수 있는

*1분***

* 1분 동안 낯선 사람과 마주 앉아 아무 말 없이 눈을 마주치는 퍼포먼스 「마리나 아브라모비치와의 조우」. 마리나 아브라모비치의 예술적 동료이 자 오래된 애인이었던 울라이가 수십 년 만에 그녀를 찾아와 퍼포먼스에 참여했으며 그들은 다른 사람들과 동일하게 말 없이 눈을 마주치고 1분 뒤 다시 떠났다.
** 조우는 계속된다.

마망*

나는 자궁
대신 붉은 실 더미에서 태어났다
아빠가 운명이라 믿는 년들 사이에서 실을 꿰매는 동안
엄마의 바늘구멍은 점점 넓어지고
그년의 구멍은 점점 좁아졌다

우리는 죽음을 향해 자라는 중이야
말씀을 섬기고 믿음을 가지렴

아빠가 손끝으로 놓친 몇 개의 올
사타구니 위 풀린 올에 목을 걸고
엄마는 울었다 실타래로 십자가를 묶는다 엄마는
십자가를 다리 사이에 꽂고 빌었다

아가, 외로울 때 신을 믿으렴
신을 믿는 사람들은 다 착해

그럼 아빠는요?

아빠는 모두를 사랑한단다 죄라면 그게
죄란다

엄마는 무릎을 꿇고 믿음의 축척을 재려고
아빠의 발바닥만큼 기었다
주상절리처럼 툭툭 끊어진 대화

엄마가 막달레나에서 성모 마리아가 되어 가는 동안
나는 바늘구멍을 보듯
미간을 잔뜩 찡그린 채 우리를 보았다
가족이란 이름 아래 이어 붙인 운명선을
운명선을 맞대고 새벽마다 기도하던 두 손을

이제 우리는 천국을 향해 자라는 중이야
말씀을 섬기고 믿음을 가지렴

아빠에게 젖을 물리다 아빠에게 물린 엄마

밀실, 붉은 방, 출구 없음**

4월 4일 고난 주간

　오늘도 꽃피우는 하나님 아버지의 말씀 나는 메시아로
서 몽우리를 피우려 하였다 바람처럼, 나는 모두를 사랑하
나니 모든 자매님들을 사랑했나니

　　　　　　　　　　　　　　　　　4월 5일 부활절

　아버지 나를 사랑하시니 꽃을 피우라 마리아의 젖가슴을
　　　　　　빨던 그때처럼 오직 나만을 아끼고 사랑하라

　바늘을 들어 아빠의 말씀을 수선하는 엄마

　아빠의 머리털을 쥐어뜯고 다시 꿰매는 엄마 아빠를 기
르는 엄마 젖을 먹이는 엄마 혓바닥이 헐 때까지 엄마는
계속해서 아빠의 기둥을 세웠다 이제 아빠의 모든 말씀은
희미하다

　　　　　　　엄마는 가족을 사랑했단다 죄라면 그게
　　　　　　　　　　　　　　　　　　　　죄란다

집이 자란 만큼 바늘도 자랐다
문도 창문도 자랐다 밀실처럼
어둠 속에서 엄마는 손가락에 몇 개의 코바늘을 더 걸고
그년들과 아빠 목에 딱 맞는 붉은 스웨터를 입혔다
붉은 방, 아빠는 사지를 뒤틀고 웃었다
나는 그년들과 아빠가 붙어먹는 모습을 훔쳐봤다 거기,
한 쌍의 베개를 비집고
바늘을 바짝 세우고
엄마는 말했다

너무 미워하지 마
아빠는 모두의 아버지란다
하나님 아버지가 모두의 아버지이듯

* 루이스 부르주아는 프랑스 태생의 미국 추상표현주의 조각가이다. 현대 미술의 '대모'로서 일흔이 넘은 나이에 국제적인 명성을 얻었다. 대표작으로 거대한 거미를 형상화한 「마망」이 있다.

** 경진 현대 미술관(KOMA)의 작가 이경진은 작품 「마망」에 대해 이렇게 말했다. "나는 루이스 부르주아의 수많은 작품 중 바늘, 모성, 붉은 방의 키워드만을 가져왔다. 단지 그뿐이다. 밝히건대 이것은 루이스 부르주아의 이야기가 아니다. 아주 사적인, 나의 이야기일 뿐이다."

가장 격동의 노래*

음표부터 먹혔다
남편이 나를 먹기 전
나는 낙타 몽우리 사이에 박혀 사막을 걸었다
머리칼이 참 곱네
사이로 남편의 손은 쑥 들어와
나의 머리를 쓰다듬었다
눈만 부릅뜬 밤이
남편을 건너오고 있었다

　　　오오 남편의 가랑이를 향해 비좁은 절을

나는 무릎을 굽힐 수밖에
우리는 신음 대신 말줄임표로만 말했다
대답은 언제나 마침표로

.

　　　　　　노래 부르고 싶을 때
　　　　　　사막을 건넌다
　　　　　　맨해튼 그 섬으로

칼과 포크를 들고 나는
메디슨 스퀘어 가든에서 모자이크로 조각된 접시에
돼지고기를 썰었다
파랗고 시퍼러딩딩하고 푸른 유리 조각과
흐르는 핏물에 섞인 돼지 새끼가 혀 안으로
엉켜 들어갔다

남편을 향한 기도
니가 먹기 좋게 털도 다 뽑아 둘게
돼지 새끼처럼 보채지 않을게
마른 상추로 얼굴을 감싸고 너는
나를 뜯어 삼킨다

다른 노래를 부르고 싶을 때
남편을 몽우리 위에 올려놓고 빼곡히 적는다 이름을

경진, 경진, 경진
경진아 이제 더는 먹기 싫어
축 쳐진 젖, 젖 위로 삐죽 솟은 꼭지조차

먹기 싫어 더러운 년

순종이란 이름의, 입과 귀가 잘렸다

그럼에도 나는 남편을 향해 비좁은 절을 한다
얄라리 얄라성 얄라리 얄라
침대에 숨겨둔
둘째, 셋째 부인과 함께

완전히 다른 노래를 부르고 싶을 때
묻는다 너는 나를 믿니
신을 믿니 개종의 시대잖아
너는 나를 믿니 정말 믿니
나를 믿는다고 신 앞에서 맹세할 수 있니
그럼 신이시여, 그럼 내가 또 죽여주지 침대에선
그럼 넌 말하겠지 oh god, god damn
it. eat, eat

남편을 향한 기도

온몸 가득 너를 품고 말한다
어때 내가 신보다 죽여주지
알잖아 나 원래 이런 년인 거
믿지 너는 나를?

* 이 시는 이란 출신 예술가 쉬린 네샤트의 작품 「격동」이 보여 주는 바와
같이 공공장소에서 노래를 부르는 것이 금지되어 있는 이란 여성의 율법
을 모티프로 삼았을 뿐 해당 종교와는 관련이 없음을 밝힌다.

나나의 기이한 죽음*
— 페인트와 다양한 오브제

고환을 캔버스 뒤에 달았다
집을 그린다 방을 벽을 모서리를
그린다 모서리 안에 나를 가둔다
아빠를, 고환을 부풀려 놓고 나는
엉덩이를 까고 부성애를 느낀다 느낀 대로
둔다 그대로 총을 겨눈다

화이트 프라이데이

아빠는 침대를 석고로 빚고 망치로 깨부쉈다
조각난 침대를, 뾰족한 침대를 나눠 먹었다 연인처럼
밤마다 끌어안고

                                        빌었다
                              또 낳을 건 아니죠?

우리 집은 무작위의 추상
이라고 부르는 구체적 현실

아빠는 그새를 못 참고 또
나²**를 낳았다 나의 쌍둥이 엉덩이만 한 가슴을 가진
나² 형형색색의 나²와 놀면 즐겁다 언제나
공 공 칠 빵야 빵야 빵야
소리 지르는 사람은 모두 술래
랄랄라
즐겁다 나²의 피는 무지개 색이니까

　　　　　　레인보우 프라이데이

다리 사이에 비닐을 깔았다 나²를 심었다 달거리도 거르
지 않았다 무덤처럼
배불리 키웠다 아빠는 이젤에 쭈그려 앉아 질질 흐르는
우리를 두고 말했다

　　　　　　　　　　다 같이 흘렸으면 해
　　　　　　　　　　한 편의 영화처럼

　　　　　블러디 프라이데이

이제
우리 집은 구체적 현실
이라던 작위적 추상

한 편의 명화처럼
처음 가져 본 투명한 캔버스

침묵의 비명
침묵의 손가락질
침묵의
공 공 칠 빵

블랙 프라이데이

캔버스에 이미 찢어진 집을 그린다
모서리를 그린다 모서리 안에 지퍼를 잠글 줄 모르는
아빠를
가둔다 영원히

아빠만 모르는 전쟁, 피 흘리지 않는 살해, 죄 없는 살인
자다
우리는 가족이니까 영원히
자식
새끼니까 나는 말 없이
엉덩이를 까고 온몸으로
부성애를 느낀다 가족이니까 말 없이
아빠에게 총을 겨누고
외친다

[공 공 칠]
빵!

* 니키 드 생팔은 프랑스 조각가로 유년시절 아버지에게 겪은 성폭력을 치
  유하기 위해 미술을 시작하였다. 이 시는 니키 드 생팔의 삶과 그의 작품
  「감브리누스의 기이한 죽음」 그리고 '슈팅 페인팅' 작업 방식에서 영감을
  받았다.

** 니키 드 생팔이 만든 행복의 마스코트 '나나'의 쌍둥이. 2인칭의 나. 나
   의 제곱.

누워 있는 경진*

처음
봤다 천장에 비스듬히 난 거울로 경진이**를
훔쳐봤다 베개 선에 맞춰 모가지를 비틀고 말했다
위를 봐 새끼야 똑바로 봐 새끼야 하늘을 봐야 별을 따지
나는 경진이의 목을 조르고 묻는다

                                        좋아?

밤, 나는 밝히기만 할 뿐 어둠을 몰랐다
우리는 한 무더기의 별을 땄다
별빛 아래 경진이를 눕히고 좋아서 고추로 질질 울었다
경진이는 우는 나를 달랬다
입안 가득 나를 물고
물었다

                                        왜 너만 좋아?

바보야 네가 처음이라 모르나 본데
사랑한다는 말은 말로 하는 게 아냐
행동으로 보여 줄게
나는 하룻밤에 다섯 번도 사랑할 수 있어

        대답 대신 경진이는 자기 주둥이를 다잡고

왼손으로 지문을 오른손으로 대화를
썼다 짝짝이 속옷이 벌린 다리보다 부끄러웠던 그날을
썼다
좆도 모르면서 큰 구멍만 탓하던 그날을
내 것이 얇고 가는 줄도 모르던 나를 기리던 그날을, 썼다

경진: (침대를 박차고 나오며) 그러게, 내가 처음이라 잘
몰라서 물어보는 건데 (사이) 원래 끝까지 너만 좋아?

우리는 단숨에
짧아졌다

---

* 실비아 슬레이는 남성 누드를 주로 그린다. '남성의 시선에서 본 여성'
을 전복시키는 방식으로 서양 미술사 안에서 대부분의 여성들이 캔버스
위에서 당하고 있던 일종의 폭력과 성차별을 폭로하고 있다. 「누워 있는
필립 골럽」 등의 작품이 있다.

** 경진 현대 미술관(KOMA)의 작가 이경진의 첫 남자 친구 이름. 그녀
는 동명이인과 연애를 하면서 자아 분열, 분리 불안, 우울증 등 다양한
정신적 고통을 받았으며, 그것이 예술의 영감이 되었다고 밝혔다.

나를 함께 쓴 남자들*

to. 경진

요즘 나 때문에 많이 힘들지 알아 죄책감 때문이야 내가 전에 만난 여자 때문이야 그녀는 내게 잃어버린 행복을 찾아 준 사람이야 니가 질투할 정도로 많이 좋아했던 사람이야 개는 나와 헤어진 후로 학교 대신 술집을 다니고 몸을 팔고 입술을 부딪치며 비행기 값을 벌고 있어 우연히 그녀를 정류장에서 마주쳤을 때 그때 알았어. 나는 너보다 그녀의 달라진 차림새가 먼저 떠올랐어. 나를 괴롭혔어 경진이 네가 잘해 주면 잘해 줄수록 내가 행복할수록 그래 그런데 널 잃기는 싫어 정말 이기적이지? 이해와 용서를 바라는 게 아니라 답답해서. 그냥 숨기고 싶지 않아서. 연인은 뭐든 솔직해야 하잖아 어쨌든 미안하고 미안했어. 하지만 노력하고 있다는 것만 알아줘 행복해진다는 게 정말 어려운 일인 것 같아 네가 내 곁을 떠날 수도 있겠단 생각이 들었어. 이제 내가 할 일은 이 편지를 읽고 서운할 널 달래는 일이군 내가 더 많이 노력할게 최근에 이 말을 못해 준 거 같네 지금 분위기에 조금 어색한 말이지만 사랑해요

2010년 1월 3일
경진**이가

to. 경진

요즘 나 때문에 많이 힘들지 알아 죄책감 때문이야 내가
전에 만난 여자 때문이야 그녀는 내게 잃어버린 행복을 찾
아 준 사람이야 니가 질투할 정도로 많이 좋아했던 사람이
야 경진이 네가 잘해 주면 잘해 줄수록 내가 행복할수록
그래 그런데 널 잃기는 싫어 정말 이기적이지? 이해와 용서
를 바라는 게 아니라 답답해서. 그냥 숨기고 싶지 않아서.
연인은 뭐든 솔직해야 하잖아 어쨌든 미안했어. 하지만 노
력하고 있다는 것만 알아줘 행복해진다는 게 정말 어려운
일인 것 같아 내가 더 많이 노력할게

2010년 1월 30일
경진이가

to. 경진

요즘 나 때문에 많이 힘들지 알아 내가 전에 만난 여자 때문이야 그녀는 내게 잃어버린 행복을 찾아 준 사람이야 니가 질투할 정도로 많이 좋아했던 사람이야 경진이 네가 잘해 주면 잘해 줄수록 내가 행복할수록 그래 그런데 널 잃기는 싫어 그냥 숨기고 싶지 않아서. 연인은 뭐든 솔직해야 하잖아 노력하고 있다는 것만 알아줘

2010년 2월 3일
경진이가

to. 경진

요즘 나 때문에 많이 힘들지 알아 내가 전에 만난 여자 때문이야 그녀는 내게 잃어버린 행복을 찾아 준 사람이야 숨기고 싶지 않아서 연인은 뭐든 솔직해야 하잖아

2010년 3월 1일
경진이가

to. 경진

요즘 나 때문에 많이 힘들지. 알아

2010년 3월 2일

경진이가

---

* 영국이 가장 사랑하는 작가이자 가장 싫어하는 작가인 고백의 여왕 트레이시 에민은 자기 자신을 그대로 전시하는 것으로 유명하다. 그녀는 콜라주, 드로잉, 설치 등으로 자신의 삶은 곧 예술임을 표현했다. 「나와 함께 잤던 사람들」 등의 작품이 있다.

** 이 편지는 작가 이경진이 민경진 군과 연애할 당시 실제로 받았던 편지 한 편을 전시했음을 밝혀 둔다. 그러므로 이 시의 저작권은 작가가 아닌 민경진에게 있다.

내 슬픈 전설의 29페이지*

극지를 향해 걸었다

점은 여기다 찍는 게 낫겠지

남쪽 방식으로 걸었다 나는
목이 비틀린 10월, 남은 계절에
너를 잊는다 오랫동안 펼쳐 놓았던 책이 다시 입을 다무
는 동안 내내 엶힌 구절에 연필심을 발라 너를 그은 자국

팬티는 축축하고 안은 허전하다

해도 될까? 지금 해도 될까?

북쪽 방식으로 걸었다 너는
발가락을 세워 촘촘하게 걸었다
날개 없는 새를 주워 바닥에 붙였다
너는 내 아래를 쪼고
입술을 따고 쏟아지는 어둠 한가운데

우리는 얕은 바다처럼 부대끼며 살을 깎았다

혼자라서 외롭지 않았다
우리여서 외로웠다

밀물, 썰물 나누어 견디는 것처럼
너는 나의 나는 너의 손을 씻어
팬티 안에 숨긴다

점은 여기다 찍는 게 맞겠지
지금 해도 될까

눈물이 눈을 괴고 너를 본다
처음부터 나와 틈
둘뿐이었다

* 천경자 「내 슬픈 전설의 22페이지」의 제목을 차용하였다.

5부
서른한 가지
이경진을 위한
아카이브

서울에서 남쪽으로 여덟 시간 오 분

시진아
언제부터 흉터가 우리의 놀이가 되었을까?

싸워서 얻는 게 당연하잖아

삶은 지옥
평화는 초현실

남반구와 북반구
우리는 서로의 환자가 되고

"적도에서 즐기는 치킨 게임"

언니 입조심하는 게 좋을 거야.
요즘 나에 대해서 함부로 말하고 다닌다며

나도 들었어 그 소문

동생은 도끼를 들고 새빨간 군화를 툭툭 끊고 빨갛게 물
들고 나는
엉거주춤 울었다

다리를 잃었으니 이제
걷지도 기지도 못할 거야
당할 일만 남은 거지

나는 잘린 다리로 콩콩 뛰었다 나의 싸움은 전설이 되
고 입에서 입으로 전해지고 더러워지고 전우의 시체를 넘
고 넘어 커다란 폭탄 하나를 시진이 땅에 묻고 저지르고
눈을 감았다 셋 둘 하나 빵!

"케언즈산 코카인 삼백 달러에 일 그램"

언니 잘 들어 우린 중독된 거야
내가 영원히 집에 못 돌아가게 머리를 다
날려 버릴 거야

슛슛
뱅뱅

"배신자에게는 혁명도 동지도 없을 뿐이라네"

집행대 위에서

나는 행잉행잉 춤을
추고 춤은 나를
추고

더 세게 묶어 줘 더는 떠돌아다니고 싶지 않아

알아
엄마 아빠는 역시 우리를 버렸나 봐
말해 뭐해 언니 너도 날 버렸지

하필 우리 살아 있으니까

겨누는 일을 멈추지 못하니까

슬펐어

우리는
없는 명분을 만들어 서로의 귓구녕에 대고
쏘았다 갈겼다 바쁘니까

"아침 먹고 점심 먹고 드디어 저녁 먹고 땡"

자 이제 우리 누구 손목에 선이 더 많은지 세어 볼래?

너는 말년 병장이구나 나는 고작 이등병인데

별을 보려면 얼마나 많은 밤을 치고
받아야 하는 걸까?

"하늘에 계신 우리 아버지여
우리가 우리에게 죄 지은 자를 사하여 준 것 같이

우리 죄를 사하여 주시옵고"

우리는 서로의 승리를 위해 기도했다
하시시 웃으며 다시
빙글뱅글 춤을
추며

언니 세상에 사랑의 종류가 얼마나 많은지
이제 알았지?
베드로도 사랑했어 예수를

고백할게

사랑해

그러니까 다시는 살아나지 말자 다시는 깨어나지 말자
다시는 눈 뜨지 말자 다시는 빤스도 흔들지 말자 다시는
투항도 포기도 하지 말자 쫄지 말자 울지 말자 잡지도 잡
히지도 말자 다시는 다시는 살아서 보지 말자 누구든 쓰러

져 죽으면

그게 이기는 거야

경계선 하나를 그으며

전봇대에 쭈그리고 앉아 네 영역에

오줌을 싼다

한 주먹의 알약

연필심으로 본뜬 얼굴

늦잠처럼

안녕 나

집에 돌아왔어

좁고 보다 비좁고 다소 간략하게

즐
거운곳에
서는날오라하여
도내쉴곳은작은집내집
뿐이리부러진건반처럼쉴곳도
영원히빛나는집내집뿐이리오사랑
나의집즐거운내가족내집뿐이리저녁나절
창가를적시는수평선사이내어둔꿈길도나잊지
못하리저맑은바람아봄날은어디뇨내가우는곳에
하나둘함께눈뜨네오사랑오나의집즐거운벗내집뿐이리*

뭐가문제인지빨리빨리얘기하라부릅들고고장산소리를지껄이냥이빠를보라
마음만굳게먹으면다이겨낼수있잖아여보왜우리딸들은정신병자가
우리가이렇게잘해주는데자기돈을발라살림을해됐해야겠다는돈좀나막는
규산이라나내게날아오프게어떻게무슨벌을아니고저팔을때그게앓는가
없어다른잡자식들은부모걱정할가봐임모맹굿안한다던데우리딸들은
사시물골찬부어야기하더라내가무슨죄가있었어야이렇게일을받는건지모
르겠았어자기유족었어어이이들을어떻고기도해야앨까이빠이랑끝들을
었겠고나허고후회하겠어뿌려같은딸들이사거나이어서둘째까지자식
새기닷바라자나허고잘하라이구건낭뚝같이어쩔을비뷔해비허며유넬
면어직장배처치고어금별말을말군나는있잖이꽃무임새모경산이자식이
나면경산이례하나고싶다할나내행복하겠어이렇게우리가잘해주는
대답어른말에꼬꼬박말말대답하자기나나가싸가가없으면욕먹는건다우
라야입으로만은튼이말을하면른큰항상꼬라내고고생각도화자냐그냥
군말말고예에버버리겠습니다허면된구가일이든것겠어야서대답해!

* 헨리 비숍의 가곡 「즐거운 나의 집」(김재인 번안)을 변주하였다.

지극한 효심의 노래

네네네네네네네네네네네네네네네네네네네네네네네네
네네네네네네네네네네네네네네네네네네네네네네네네
네네**네네**네네네네네네네네네네네**네네**네네네**네네**네네네
네네**네네**네네네네네네네네네네네**네네**네네네**네네**네네네
네네**네네**네네네네네네네네네네네**네네**네네네**네네**네네네
네네**네네**네네네네네네네네네네네**네네**네네네**네네**네네네
네네**네네**네네네네네네네네네네네**네네**네네네**네네**네네네
네네**네네**네네네네네네네네네네네**네네**네네네**네네**네네네
네네**네네**네네네네네네네네네네네**네네**네네네**네네**네네네
네네**네네**네네네네**네네네네네네네네**네네네**네네**네네네
네네**네네**네네네네네네네네네네네**네네**네네네**네네**네네네
네네**네네**네네네네네네네네네네네**네네**네네네**네네**네네네
네네**네네**네네네네네네네네네네네**네네**네네네**네네**네네네
네네**네네네네네네네네네네네네**네**네네**네네네**네네**네네네
네네**네네네네네네네네네네네네네**네**네**네네네**네네**네네네
네네네네네네네네네네네네네네네**네네**네네네**네네**네네네
네네네네네네네네네네네네네네네네네네네네네네네네
네네네네네네네네네네네네네네네네네네네네네네네네

다음 생은 부디 남향

소호야 대림엔 중국인이 많아서 더는 살 곳이 못 돼. 들었지? 며칠 전에도 사람이 죽었잖아. 칼에 맞았고 이유는 모른대 서로 모르는 사이었다는데 그게 가장 끔찍해 다른 데도 아니고 서울인데 한국에서 한국 사람답게 사는 게 이렇게 어렵다니. 엄마는 도통 이해가 안 돼. 이렇게 집이 많은데. 참 너 항동 아니 아니 황동 말고, 그래 모르는 게 당연하지 근데 여기서 그렇게 멀지도 않아. 서울인데 사람들이 서울인지 잘 모를 뿐이지 역까지 걸어서는 힘들고 마을버스를 타야 해 그래도 신축이야 그게 싫다면 우린 여기 앞에 이십 년 된 두산 아파트 그거 아니면 없어 거긴 녹물도 나오고 바퀴벌레도 나오고 재개발도 힘들 거야 내가 보기엔. 그냥 거대한 콘크리트 하나 사는 거지 뭐. 서울 중심에 산다 그 기분으로

2호선에서 9호선 9호선에서 5호선 5호선에서 1호선

그럼 광명은 어때? 광명은 서울이나 다름 없어 너 알지 옛날에 우리 금천구청 살 때 다리 건너면 보이는 아파트 있지? 그게 광명이야. 지역번호도 02고 니가 맨날 말하는

112

당산부터해서 문래동이나 영등포구청은 요즘 뜨는 동네라다 비싸 니가 잘 몰라서 그래. 나도 거기 가고 싶지 돈만 쥐어 줘 봐. 엄마도 얼마나 좋겠니. 당산동 같은 데 집 하나 턱 얻어서, 좀 추우면 어때 북향이지만 한강도 보이고. 어휴 지금 사는 서향집은 지긋지긋해 하루도 얼마나 길어 종일 햇볕만 보며 사는데. 지겹다고 말하지 마 이 년에 한 번씩 이사 다니는 게 얼마나 힘든지 알아? 복비에 이것저것 하면 이백은 그냥 돈도 아냐. 니가 알아보고 하는 게 뭐가 있어 다 이 엄마가 하는 일인데. 다 살자고 하는 일이잖아 이런데도 서울에 계속 살고 싶은 너를 엄마는 이해할 수 없어. 얼마나 더 이렇게 서울살이를 해야 하는지 소호야 엄마는 서울 토박이인데도 서울이 그렇게 좋은지 잘 모르겠어 정말이야

보리굴비, 장아찌 그리고 디스토피아

우리는 무릎 나온 체육복을 입고 방구석에서 바짝 말랐다 엄마는 목을 허리띠로 더 졸라게, 졸랐다 똥은 휴지 다섯 칸씩만 싸고 오줌은 다 같이 싼 뒤에 한꺼번에 내렸다 이놈의 집구석은

경진이네

— 두꺼비집

밤을 통과한다 그 밤을
방이 통과하고 그 방에
아빠 딸 엄마의 아빠 딸 아빠의 아빠 딸
딸년들이 아빠를 통과한다
딸딸이 아빠는 방바닥 위를 쓸고 눕는다

아빠는 문지방에 엄마 머리를 넣고 두꺼비집을 지어 줬다
밀물이 올 때까지

기다렸다

마누라, 이게 복점이라고 여기 점을 콱 찍어야 우리가
더 잘 산다네 아빠는 엄마 미간 사이에 점을 하나 찍었다
점은 자꾸 커졌고 엄마 눈동자보다 더 커졌고 새까매진 엄
마는 더 이상 숨을 쉬지 않았다 우리는 미간에 복점을 박
고 굶어 죽은 엄마를 향해 숨
　죽였다

바다는 저 멀리 떠나 돌아오지 않았다

우리는 발바닥으로 돌림 노래를 부르며 지신밟기를 했다
주린 배를 움켜쥐고 아빠의 미간에도 복점을 하나 찍었다
　베개 아래 한 송이의 해당화를 꽂아 두고 병풍 뒤에서
오독오독 생쌀을 씹었다

　아빠는 밥상을 엎었다

　　　　　　　　　지지리도 복도 없는 놈

　손바닥을 활짝 펼친 우리는 아빠의 뒤통수를 쳤다 침대
보로 목을 휘휘 감고, 밀물을 기다렸다 배가 고플 때마다
아빠의 점을 찍었다 주먹으로 매일매일 찍었다 엄마처럼
　두꺼비집에 머리를 넣고 재웠다

　이제 아빠의 모든 밤은
　자고자고자도 밤이다

　아빠 입이 뻘로 가득했다

마이 리틀 다이어리
— 우리 집

1987년 *4월 6일*
애를 만들었다

집 밖에서

부엌칼로 불알을 떼고

바지를 내렸다

똑똑히 봐 시진아

애는 같이 만드는 거라 했지

이제 눈 감고도 만들 수 있겠지

한 번 해 봤으니까

이제 안에서도 할 수 있겠지?

마이 리틀 다이어리

— 경진이네

2월 19일
배냇저고리를 입고 면사포를 썼다
동생과 나는 하나의 웨딩 케이크에 꽂혔다
단칸방, 우리는 침대에서 말을 아꼈다

2월 20일
처음 보는 변기와 잤다
언니를 낳고 언니를 동생이라 부르고 우리는
응애응애
울기 위해 엉덩이를 맞는 연습을 했다

2월 21일

창의적으로 매 맞는 수업료
만오천 원

연기를 더 잘할 수 있으면 좋았을 텐데

더 거친 숨소리 더 거친 교성 더 유연한 다리 우아한 다
리 마른 다리 위에 젖은 다리 매끈한 다리와 울퉁불퉁한 다

리 넘쳐 나는 다리 위에 엉킨 다리들 휩쓸려 가는 다리들 수몰된 우리의 다리들 무너지는 흔들리는 우리, 우리의 다리들

2월 22일
밤이 계속되자 꼭 감은 동생의 눈
자정의 입맞춤에도 깨지 않았다
동생에게 물었다

난 몇 번째야?
대답 대신
약지에만 나를 걸고 배배 꼬았다

언니는 참을 줄 몰라
꼴릴 줄만 알지

2월 23일
동생의 엄지와 약지만 골라 꺾었다
빨면 편히 잠들 수 있었다

2월 24일
엄지보다 더 큰 엄지를 다리 사이에서 찾았다

2월 25일
동생은 나를 엄지 위에 태우고 흔들다 쓰레기통에 버려
지는 모습을
사랑했다
사랑은 언제나 끝물이 클라이맥스니까
우리가 가장 좋아하는 바로 그 장면!

2월 26일
레버를 눌렀다 동생은 빨려 들어갔다
　　　　　　　　울부짖었다

　　　　　　　　　　　　　　나는 여기 없어요

2월 27일
동생이 일기를 쓸 때

나는 낯선 우리에 대한 시를 쓴다
지긋지긋하게 우리로 묶이는 그런
시를

마이 리틀 다이어리

— 시진이네

2월 27일
의사 선생님께 이시진 올림

2월 26일
일기장에서 가장 못된 문장만 골랐다
언니의 입을, 혀를, 잘못 놀린 손을, 양손을 잘라야만
했다

더는 쓰지 못할 거야
그래도 괜찮지?
아무도 읽지 않을 버려지 같은 시니까

2월 25일
부곡하와이에서 꽃 대신 말린 남자를 사 왔다
내가 침대에서 훌라 춤을 추고 허리를 돌리는
사이 언니는 언니를, 나를, 나라는 애인을, 동생을 팔아
시를 쓰고
고작
삼만 원을 벌어 왔다

2월 24일

씨발 내가 먼저 태어났더라면

2월 23일

새처럼 곤두박질치는 가세

2월 22일

집은 더웠다

선풍기를 틀어도 늘 비닐하우스에 있는 것처럼

땀으로 뒤범벅된

내가 소파에 온몸을 활짝 펼치고 누우면

언니는 말했다

오오 벌거벗은 나의 임금이시여!

다리 사이를 기라면 기고 머리를 조아리겠나이다

2월 21일

언니는 남자 없이도 조금 더 느낄 수 있도록

주름에 주름을 접었다

아인슈타인은 뇌에 주름이 많았대
그래서 남들보다 많이 안대
내가 더 많은 주름을
그 주름을 만들어 줄게

2월 20일

오래오래 살아라 시진아

언니는 남자를 접어 학을 날린다 질 안에 천 개의 학을
접어 넣는다 학에게 이름을 붙인다
　김수한무 거북이와 두루미 삼천갑자 동방삭 칙칙 카포
싸리 싸리 센타 워리워리 세브리카 무두셀라 구름이 허리
케인 담벼락 서생원의 고양이 바둑이는 돌돌이

시진아 거북이 알도 접을까?
접어서 거기 넣을까?
그럼 네 기분이 좋겠지?

2월 19일

;;* 나는 언니의 눈동자 밑에 쉼표를 붙였다
눈동자를 연필로 더, 더, 더 덧대어 칠하고
눈 밑을 꼬집어 언니를 울렸다

시꺼먼 눈동자 밑으로 끝없는 쉼표, 쉼표가
태어났다
(;;)**

* 2월 30일 세미콜론 데이;; 문장을 끝맺을 때 쓰지만 끝내지 않기로 할
  때도 쓴다.
** 2월 31일 언니가 말했다. '우리'는 끝나지 않아 영원히.

가족에 관한 명상 2

꽁꽁 언 숲에 앉아 치마를 올렸다
나뭇가지 위로 눈을 부릅뜬 언니가
펄
펄
내리고 있었다

서른한 가지 이경진을 위한 아카이브

#1

반쯤 열린 쓰레기통에서 파리가 끓었다

#2

이불을 덮으면서도 부대낄 때마다 서로를 몰랐다

#3

새로 생긴 얼룩

#4

못이 되어 벽에 처박히는 헛간에 매달린 메주처럼 썩어서도 문드러지는 나는

#5

감은 눈 맞잡은 깍지 손 맞지 않는 홈에 억지로 몸을 구겨 넣으며 너에게 가닿은 부분만 여러 겹으로 점점 헐고 있었다

#6

동태와 어리굴젓 콩밥에 묵사발

#7

당신을 깨끗이 닦고 더러워지는 걸레 같은
여자

#8

하나님 말씀보다 모인다는 것에 위로를 받는 일요일 나
는 성경을 펼치고

#9

사랑해요 그러니 저를 버리지 마세요

#10

살 부비고
또 정들었다

#11

물곰팡이처럼 지워지지도 않았다

#12

갈변하는 사과

#13

하나의 방

#14

평행선을 그었다

#15

레파도미 파라도솔 미 불협 불협

#16

노래는 이렇게 시작되었다

#17

이중 침몰 벽지를 찢어 빚은 숲 점묘화 소실점 얼룩덜룩

정교한 변형 하반신 엉덩이 세속적인 쾌락의 정원

#18
바지를 벗었다

#19
짝짝짝

#20
열 손가락 중 아프지 않은 손가락 하나를 걸고
이젠 다시 안 그럴게

#21
밤이 식어 갔다

#22
절반을 물린 복숭아
씨를 뱉는 혀

#23

덕수궁의 돌담 빨간 구두와 닭 날개

너무 뻔해서 슬픈 복선

#24

각자의 주머니에서 찾은 젖은 손바닥으로

#25

짝짝짝짝짝짝짝짝짝짝짝짝짝짝짝짝짝짝짝짝

짝짝짝짝짝짝짝짝짝짝짝짝짝짝짝짝짝짝짝짝짝

#26

맞을 짓을 했으니까 맞아도 싸지

#27

어쩌지 몸 정은 끊기 힘들다던데

#28

도금된 납 반지를 끼우고

#29

사시사철 창백한 천장

#30

연대와 두터운 리듬

#31

어째서 나의 신은 남자일까

이경진, 「행복한 부모에게 어떻게 우울증을 설명할 것인가*(How to explain depression to happy parents)」, 단채널 영상, 17,529시간, 2013년

* 요셉 보이스의 퍼포먼스 「죽은 토끼에게 어떻게 그림을 설명할 것인가」의 제목을 차용하였다.

겨누는 것

장은정(문학평론가)

읽는 시간

2018년 12월, 이소호의 첫 시집 『캣콜링』을 읽는다는 것은 무슨 뜻일까. 사실상 첫 번째 읽기라는 것은 대부분 실패하기 쉽다. 각 시대의 규범에 따라 '읽을 수 있는 것'과 '읽을 수 없는 것'이 이미 작동하기 마련인데, 어느 특정한 시대에 포섭된 채로 살아갈 수밖에 없는 우리가 읽기를 구성하는 시대의 조건 자체를 비판적으로 사유하면서 읽지 않는다면 정해진 규범을 그대로 재생산하게 되기 때문이다. 가령 이 시집을 김수영 문학상 수상작으로 선정하는 데 있어 망설이게 되었던 유일한 단 하나의 요인이 '시의 적절성'*이었다고 말할 때의 함의가 이와 같다. 젠더 이슈가 그 어느 때보다 활성화되어 있는 시기에, 지나가는 여성을 대상으로 발생하는 성희롱인 '캣콜링'이 시집의 제목으로 선택되었을 때, 시집을 펼쳐 시를 읽기도 전에 '이 시들은 어떠어떠할 것'이라는 상투적인 전형을 염두에 두기 쉽다는 말이다.

이 상투적 전형성이야말로 '읽을 수 없는 것'의 핵심을 이룬다. 여성의 현실을 다룬 작품들을 읽을 때에만 작동하는 전형적 독해의 종류는 다양하다. 문학은 가부장적 현실의 폭력을 단순하게 재현하는 것에 그쳐서는 안 된다는 원론적인 비판**에서부터 현실에 대한 당위적 접근 때문에 미학성이 결여되어 있다는 평가***, 현재 득세하고 있는 페미니즘 담론에 편승해 대중들이 읽고 싶은 것을 조악하게 합성한 것에 불과하다는 폄하****, 심지어 작품에서 드러나는 현실의 폭력이 과연 사실인지 조차 의심하는

---

* "나의 유일한 망설임은 오직 이 시집이 너무나 시의적절하다는 데에 있었다. 그러나 이 시집의 문제의식과 목소리의 주체성은 몇 년 간 진행되어 오고 있는 젠더 이슈가 공론화되지 않은 상태였더라도 여전히 보편성을 얻었을 것이다." 정한아, 2018 제37회 〈김수영 문학상〉 심사평 중에서, 《릿터》 15호, 218쪽.

** 심진경, 「새로운 페미니즘 서사의 정치학을 위하여」, 《창작과비평》 2017년 겨울호, 56쪽.

*** 조강석, 「메시지의 전경화와 소설의 '실효성'」, 《문장웹진》 2017년 4월호.

**** 김승일, 박민정, 이은지의 좌담 중 이은지의 말, 「2017년 한국문학의 풍경」, 《21세기문학》 2017년 겨울호, 252쪽.

상황*에 이르기까지 비판의 강조점은 조금씩 다르지만 궁극적으로는 시대의 요청 하에서 문학을 재구성하는 여러 질문들과 유동하며 함께 사유하기보다는 문학에 대한 기존의 정의에 맞춰 현재의 문학을 손쉽게 재결(裁決)한다는 점에서 공통적이다. 근 이십 년간 작품의 미덕을 눈 밝은 독자로서 공감(empathy)을 통해 짚어 내는 섬세한 독해가 비평 윤리의 핵심을 이루었던 것을 염두에 둔다면, 작품의 한계에 집중하는 읽기가 여성의 현실을 다룬 작품에게만 부분적으로 적용된다는 것은 더욱 의미심장하다.

강조해야 할 것은 페미니즘 문학으로 분류되는 작품에 대한 손쉬운 비평적 찬사 역시 '읽을 수 없는 것'으로 작용할 수 있다는 점이다. 무슨 말인가. 1990년대 여성문학의 주요한 비평적 키워드는 '여성적 글쓰기(écriture féminine)'로서 가부장적 질서에 포섭된 남성적 글쓰기의 대안을 모색하는 문제의식을 응축하고 있었다. 당시에 발표된 비평들 중 당대 작품의 면밀한 독해를 기반으로 식수와 이리가라이, 크리스테바를 경유하여 '여성성이란 무엇인가' 혹은 '여성적 글쓰기란 무엇인가'라는 질문에 대해 완성도 있게 답하는 글일수록 비평이 조명해 내고자 했던 작품의 문학적 성취와 당대의 여성적 현실과의 관계에 대한 성찰을 찾아보기 힘든 것은 우연이 아니다.* 2018년이라는 지금에서

* 황현경, 「소설이라는 형식」, 《문학동네》 2018년 봄호, 433쪽.

야 뚜렷하게 목격하게 되는 것은 1990년대 여성문학 담론에서 여성성과 여성적 글쓰기가 무엇인지에 대해 질문하고 대답하는 일이 결론적으로는 여성문학을 타자화하여 게토화하는 것에 기여했다는 사실이다. 즉 '여성성이란 무엇인가' 혹은 '여성적 글쓰기란 무엇인가'라는 질문에 충실히 답하려 애쓰는 일이 도리어 당대 현실의 한계를 '읽을 수 없는 것'으로 고착화시키도록 기능했던 것이다.

그렇다면 지금의 우리 역시 페미니즘 비평에서 작동하고 있는 주요한 '질문들' 자체가 특정한 시대적 규범의 재생산에 불과할 수 있음을 비판적으로 사유하지 않고 개별적인 질문 자체 하나하나에 함몰되는 것이야말로 어렵게 다시 활성화된 페미니즘 비평을 다시 타자화하는 일에 일조할 수도 있지 않을까? 그러니 미리 상정된 '좋은 문학'의 기준에 맞는 작품을 골라 그에 대해 완성도 높게 대답하려 애쓰기보다는, 2018년 12월을 더욱 근본적으로 결정짓고 있는 '읽을 수 없는 것'이 시대적으로 어떻게 구성되고 비평 담론 하에서 관습적으로 재생산되는가를 고찰하는 것이야말로 어렵게 재활성화된 페미니즘 비평 담론을 함부로 소

---

* 물론 이는 1990년대 여성문학만의 특징은 아니다. 1990년대에 접어들면서부터 문학에 대한 평가가 당대 현실과의 관계보다는 문학사적 관점에 국한되어 형성된 바가 있으며, 여성문학 담론 역시 이러한 큰 흐름 속에 포함되어 있었다. 1990년대부터 최근에 이르기까지 우리가 '읽지 않았던 것'의 문제의식에 대해서는 졸고, 「'지금-여기'의 현실」, 《모든 시》, 2018년 겨울호, 79쪽 참조.

비하지 않고 유의미하게 확장해 나가는 일이라 믿는다.

그동안 평론가에게 첫 시집의 해설이란 기존의 문학사 전체와 상징적으로 대결하면서 막 탄생한 신인의 문학적 성취를 새로이 기입하는 일로 받아들여졌다. 이전 세대뿐 아니라 동시대 작가들과의 비교 속에서 '무엇이 다른가' 묻는 질문에 뚜렷하게 답할 수 있는 작품일수록 그 문학적 성취가 높은 것으로 평가되었다. 그런데 작품의 문학적 성취를 평가하는 유일한 기준이 작가의 '개성'이 될 때, 이는 문학을 이전 문학에 대한 단절과 전복이라는 문학 내적 논리의 범위로 한정지으면서 동시대 현실과의 관계를 삭제하게 된다는 것을 강조해야겠다. '새로운 신인의 등장', '유일무이한 목소리의 발명' 등 그동안 첫 시집에 쏟아졌던 관습화된 비평적 찬사의 수사는 현실에 대한 문학적 승리를 강조하느라 작품이 가까스로 딛고 있는 현실을 삭제하기 쉽다. 그러니 이소호의 첫 시집 『캣콜링』을 2018년 12월에 '읽는다는 것'은, 여성 현실을 다룬 작품에게만 적용되는 폄하와 찬사라는 이중적인 관습적 독해뿐 아니라 세대론적 비평의 문법에 대해서도 동시에 저항해야 한다는 뜻이라고 하겠다. 이 삼중의 저항 속에서만 간신히 드러나는 '읽을 수 있는 것'이란 대체 무엇일까.

겨누는 것

시를 본격적으로 읽어 내려가기 전, 2018년 12월의 '읽을 수 없는 것'을 구성하고 있는 '지금—여기'의 조건부터 짚었던 것은 이 글이 써 내려갈 읽기의 기록이 어떠한 시대적 규범 하에서 작동하고 있는지를 의식화하기 위해서다. 사실 '읽기'란 두려운 것이다. 사사키 아타루가 '읽기'와 '혁명'의 관계를 논의하며 가장 먼저 강조했던 것이 읽기란 본래 무의식적 접속이기에 읽는 자들은 자연스럽게 자기 방어를 하게 된다는 사실이 아니었던가. 카프카의 소설을 읽는다는 것은 카프카의 꿈을 자신의 꿈으로 겪어 내야 하는 일이고, 타인의 꿈을 대신 꾼다는 것은 읽는 자의 실존을 뒤흔들 만큼 위협적인 일이기 때문이다. 버지니아 울프가 '읽기'를 작가와 독자 사이에서 마침내 처리하지 않으면 안 되는 '최후의 고독'이라고 비유했던 것을 인용하며, "그 싸움에서 우리는 하얀 종이의 표면에 비치는 광기와 그것을 읽지 않겠다고 하는 자신의 방어 기제에 동시에 저항하지 않으면" 안 된다고, "차례로 넘기는 책의 한 페이지 한 페이지마다 우리는 실오라기 하나 걸치지 않은 무의식의 벌거벗은 형태로 도박을 하는 것"*이라 정의 내릴 때, '읽을 수 없는 것'이란 사실 '읽고 싶지 않은 것'에 다름 아니다.

* 사사키 아타루, 『잘라라, 기도하는 그 손을』(자음과모음, 2012), 54~55쪽.

그러니 시에 적혀 있는 것을 실제로 읽는 것이 생각처럼 그리 간단하지는 않은 것 같다. 쓰는 자가 자신이 무엇을 쓰고 있는 것인지 정확히 이해하지 못한 상태로 설명하기 힘든 특정한 직관에 의지하여 힘겹게 한 줄씩 써 내려가는 것처럼, 읽는 자에게도 동일한 일이 일어난다. 텍스트에게서 우리가 읽게 되는 것은 실제로 적힌 것인가, 아니면 우리가 작품에 미리 상정한 어떠한 전제의 재확인인가? 이를 어떠한 기준으로 구분할 수 있을까? 이조차 구분하기 어렵다면 시대적 한계로서 작동하고 있는 '읽을 수 없는 것'의 원리를 각각의 작품을 읽으며 어떻게 해체하고 그것을 기어이 '읽을 수 있는 것'으로 전환할 수 있을까? 나 역시 이에 대한 뚜렷한 정답을 아직 갖지 않은 채로, 다만 금방 읽어낸 것을 이미 마련되어 있던 기준으로 함부로 폄하하거나 손쉽게 열광하지 않고, 시를 이루는 단어와 문장들이 읽기 속에서 매 순간 다르게 일으켜 올리는 어떠한 감각들을 성실히 응시하면서, 그것이 2018년 12월의 시간 혹은 지나간 시간들과 어떻게 연관되어 있는지를 상세히 따라가는 것으로부터 시작할 수밖에 없겠다.

내가 태어났는데 어쩌다 너도 태어났다. 하나에서 둘. 우리는 비좁은 유모차에 구겨 앉는다.

우리는 같은 교복을, 남자를, 방을 쓴다.

언니, 의사 선생님이 나 하고 싶은 대로 하래. 그러니까 언니, 나 이제 너라고 부를래. 사랑하니까 너라고 부를래. 사실 너 같은 건 언니도 아니지. 동생은 식칼로 사과를 깎으면서 말한다. 마지막 사과니까 남기면 죽어. 동생은 나를 향해 식칼을 들고, 사과를 깎는다. 바득바득 사과를 먹는다.

나는 동생의 팔목을 대신 그어 준다. 넌 배 속에 있을 때 무덤처럼 잠만 잤대. 한 번 더 동생의 팔목을 그었다. 자장자장. 넌 잘 때가 제일 예뻐. 동생을 뒤집어 놓고 재운다. 이불을 머리끝까지 덮어 주고 재운다. 비좁다 비좁다 밤이. 하나에서 둘. 하나에서 둘.

—「동거」

화자를 언니라고 부르지 않고 '너'라고 부르겠노라 선언하며 식칼로 깎은 사과를 억지로 먹이는 이는 화자의 여동생인 것으로 짐작된다. 같은 배 속에서 있었던 시간이라거나 연달아 태어났다는 진술은 이들이 혈연관계로 맺어져 있음을 확신하게 한다. 그런데 이 자매들은 어째서 서로에게 칼을 겨누고 있을까? 시에서 유추할 수 있는 직접적인 이유는 그녀들이 있는 곳이 너무 '비좁다'는 조건에서 기인하는 것으로 보인다. 장소의 비좁음("우리는 비좁은 유모차에 구겨 앉는다.")이 시간의 구조에까지("비좁다 비좁다 밤이.")

숨 막히게 장악하고 있다. 이때 서로의 존재는 자신의 자리를 방해하고 위협하는 자이자 제거해야 할 대상으로 설정되면서 서로에게 칼을 겨누게 된 것으로 보인다. 그런데 "하나에서 둘. 하나에서 둘." 반복해서 중얼거리며 비좁음을 한탄하는 것, 이것이 전부인가?

나로서는 첫 시로 배치된 이 시를 읽자마자 당혹스러움과 어리둥절함을 느꼈다. 어떤 것도 숨겨져 있지 않고 모든 것이 드러나 있는 이 시에서 무엇을 도드라지게 강조하여 읽어야 할지 알 수 없었기 때문이다. 가령 1990년대 여성 시인들의 경우, 김언희가 "이제, 내가, 아버지의/ 아가리에/ 똥을/ 쌀/ 차례죠……"*라고 중얼거릴 때, 시에서도 본 적 없는 이 위반의 발화 자체에 주목할 수 있을 것이고, 신현림이 "남자는 유/ 곽에 가서 몸이라도 풀 수 있지 우리는 그림자처럼 달/ 라 붙는 정욕을 터트릴 방법이 없지 (중략) 좌우지간 여자직장을 사표 내자구 시발"**하소연할 때 생활 영역의 차원에서 여성에게 금기시 되어온 욕설과 성욕의 조합이 갖는 전복적 발화를 읽을 수 있을 것이며, 성미정이 희망과 행복의 상징으로 여겨 온 파랑새가 사실은 "남들이 모두 잠든 시간에 새의 주둥이를 틀어막고 (중

---

* 김언희, 「가족 극장, 문고리」, 『말라죽은 앵두나무 아래 잠자는 저 여자』 (민음사, 2017), 95쪽.
** 신현림, 「너희가 시발을 아느냐」, 『세기말 블루스』(창작과비평사, 1996), 98쪽.

략) 시퍼렇게 멍들 때까지 얼룩지지 않도록 골고루 때"린*
결과라는 것을 은밀히 설파할 때, 시적 알레고리의 서사를
통해 끔찍한 폭력의 현실을 충격적으로 탈은폐시킬 수 있
음을 강조할 수도 있을 것이다.

　　그렇다면 「동거」는 어떤가. 일상적으로 통용되는 이미지
들을 전복적으로 뒤엎는 획기적인 비유가 있는 것도 아니
고, 금기시되어 온 발화를 내지르는 것도 아닌 채로, 유모
차 속에서 비좁아 하면서 웅크리고 서로에게 칼을 겨누고
있는 것이 전부처럼 보이지 않는가? 그런데 이전의 다른 시
들을 마치 칼처럼 「동거」에 겨누는 방식으로 나란히 배치
하여 읽고 나서야 보이는 것이 있다. 인용한 김언희와 신현
림의 시에서 남성의 존재가 극복되거나 전복되어야 할 대
상으로 설정되어 있는 것과 달리 이 자매들이 한정된 자원
들을 함께 공유할 수밖에 없는 상황에 대해 말하며 교복
과 남자, 방을 하나의 층위에 아무렇지도 않게 나란히 배
치해 두었다는 점이다. 즉 이 시에서 "남자"란 교복이나 방
과 다를 바 없는 일종의 '자원'으로 여겨진다. 애초에 위반
이나 전복의 대상으로 설정되지 않는 것이다. 그렇다면 내
가 이 시를 처음 읽고 무엇을 읽어야 할지 알 수 없어 당혹
스러웠던 것은 그동안 여성이 자신의 현실에 대해 쓸 때,
남성의 존재를 지배 질서의 주체로 상정하고 '그것을 어떻

---

* 성미정, 「동화—파랑새」, 『대머리와의 사랑』(세계사, 1997), 27쪽.

게 해체할 것인가'라는 질문에 대답하기 용이한 작품을 문학적 전복의 예시라고 여겼기 때문은 아닐까? 이렇게 묻고서야 비로소 의미심장하게 보이는 것은 여성들이 서로에게 칼을 겨누고 있는 뚜렷한 시적 상황 그 자체다.

없는 자리

이 시집에서 반복적으로 목격할 수 있는 중요한 장면 중 하나가 여성들이 서로를 향해 폭력을 겨누고 있는 구도라는 점은 의문의 여지가 없어 보인다. 대표적으로 「우리는 낯선 사람의 눈빛이 무서워 서로가 서로를」과 같은 시는 어떤가. "언니야 우리 둘이 살자" 다정하게 속삭이며 시작되지만, 동생이 언니의 머리를 프라이팬으로 사정없이 내리치고 "언니는 맞아야 말귀를 알아듣는 거 같"다며 "너 같은 게 어떻게 대학에 갔는지 모르겠어 이렇게 멍청한데 때려야만 말을 알아듣잖아 개새끼처럼" 중얼거릴 때, 읽는 자들이 시를 읽으며 경험하게 되는 충격의 종류는 낯선 것이다. 여기서 우리는 여성들 간의 적대를 읽어 내야 할까? 이 충격이 갖는 의미를 좀 더 분명히 이해하기 위해서는 「경진이네」 연작시들을 상세히 엮어 읽는 일이 필요하겠다. 총 5부로 구성되어 있는 시집의 목차를 살펴보면 3부를 제외하고 모든 부의 제목에 경진이의 이름이 기입되어 있다.

그야말로 『캣콜링』은 경진이의 시집이라고 할 법한데, 그중
에서도 1부에 수록된 시편들은 경진이의 유년시절을 그 시
적 배경으로 삼고 있다는 점에서 특히 중요하게 고려될 필
요가 있겠다.

　불행히도 엄마의 자궁은 1989개의 동생을 낳은 후로 늙고
닳았다

　젖을 빠는 대신 우리는 자궁에 인슐린을 꽂고 매일매일 번
갈아 가며 엄마 다리 사이에 사정을 했다
　그때마다 개미가 들끓었다

　잘 들어 엄마
　엄마는 이제 여자도 뭣도 아냐
　내가 이렇게 엄마 다리 사이를 핥아도 웃지를 않잖아
　봐 봐
　이렇게 손가락 세 개를 꽂아도 느낄 줄 몰라 엄마는

　(중략)

　가진 게 다리뿐인 나는
　살아야 했다

엄마를 향해 사정을 했다 다리 사이로 개미들은 끓고, 턱을 벌리고 엄마의 축 처진 살을 꼬집었다

울었다 엄마는

영등포 로터리에서 핑크색 유두를 잃어버린 소녀처럼 똥파리가 들끓는 1989명의 동생을 뜯어 먹으며

— 「경진이네 — 거미집」에서

읽는 자를 가장 즉각적으로 압도하는 것은 딸이 엄마를 강간하는 장면이다. 어째서 이 묘사들이 이토록 낯설고 충격적인가를 되짚어 보면, 여성에 대한 폭력을 상상했을 때 거의 자동화된 상태나 다름없이 남성에 의한 여성 강간과 폭행을 가장 먼저 떠올리기 쉽기 때문인지도 모르겠다. 만일 이 시가 화자의 성별을 남성으로 설정했다면 이만큼의 낯섦을 야기할 수 있었을까? 숱한 미디어들의 성폭력 보도가 '폭력'이 아니라 '성'에 잘못된 강조점을 찍어 매일같이 재생산하는 것과 마찬가지로, 이 시에서 화자의 성별이 남성으로 설정되어 있었다면 여성을 대상으로 한 폭력은 다시 한 번 무감각하게 반복되며 그 내면화를 더욱 공고히 하는 것에 기여하고 말았을 것이다. 그런데 딸인 경진이가 "젖을 빠는 대신 우리는 자궁에 인슐린을 꽂고 매일매일 번갈아 가며 엄마 다리 사이에 사정을 했다"고 쓸 때, 내면화되어 있어 좀처럼 그 충격을 실감하며 경험하기 힘든 그 폭력의 압도적인 고통이 이토록 생생하게 육박하며 밀려들

어오지 않는가. 그런데 도대체 경진이는 왜 엄마를 강간하며 "잘 들어 엄마/ 엄마는 이제 여자도 뭣도 아냐/ 내가 이렇게 엄마 다리 사이를 핥아도 웃지를 않잖아"와 같이 가부장적 남성의 폭력적 발화를 복화술로 읊조리고 있는 것일까?

이 시는 『캣콜링』에서 반복적으로 묘사되는 여성들 사이에서 발생하는 폭력을 이해하는 데 결정적인 힌트를 제공한다. 이 시에 따라붙은 각주*를 기반으로 시를 재구성하면 다음과 같다. 할머니가 자신의 몸을 자식의 먹이로 내어주는 벨벳 거미에 대한 다큐를 시청하면서 어미 거미의 입장에 감정 이입을 한 후, 자신의 딸에게 "거미 같은 년"이라고 욕을 한다. 그 욕을 들은 딸은 "아이처럼 방문을 꼭 걸어 잠그고 서럽게 울었다." 이것은 엄마와 딸의 이야기이지만, 이 날의 사건을 목격하고 기억하는 시인-화자-딸의 시선이 한 겹 더 덧씌워지면서 '할머니-엄마-딸'이라는 삼대의 서사가 직조되기에 이른다. 그런데 이 각주의 내용을 바탕으로 이 시를 재구성하면 완전히 다른 시가 된다. 무슨 말인가.

* 각주의 전문은 다음과 같다. "벨벳 거미는 자살적 모성 보호가 있는 곤충으로, 산란 후 어미가 자식들에게 자기 몸을 먹이로 내어 준다. 이는 모성의 가장 극단적인 사례로 손꼽힌다. 그리고 그 극단적 모성은 숙명이다. 자식의 미래는 어미이기 때문이다. 어느 날 할머니께서는 이것에 관한 다큐를 보고 엄마에게 욕을 하셨다. "거미 같은 년"이라고. 나는 이것을 기억한다. 엄마는 아이처럼 방문을 꼭 걸어 잠그고 서럽게 울었다."

만약 딸인 당신이 할머니에게 "거미 같은 년"이라는 욕을 듣게 된 엄마가 방문을 걸어 잠그고 서럽게 울었던 그날의 사건을 시적으로 재구성하여 형상화한다면, 당신은 어떤 시를 쓰겠는가? 이때 이소호의 선택은 놀라운 것이다. 엄마가 세상에서 살아남기 위해 견뎌내야만 했던 온갖 폭력을 가하는 주체로 자신을 위치시키는 방법을 택하기 때문이다. 언뜻 쉽게 이해되는 선택은 아니다. 왜냐하면 아무리 섬세히 살핀다 하더라도 표면적으로는 이 시에서 단순히 딸이 엄마를 강간하는 것처럼 보이기 때문이고 그래서 각주가 반드시 필요했을 것이다. 하지만 시의 말미에 덧붙여져 있는 각주까지 빠짐없이 읽은 후 시의 처음으로 되돌아와 다시 읽어 내려 가면 사실 이 시의 화자는 자신이 저지르고 있는 폭력을 전혀 즐기고 있지 않을 뿐 아니라, 오히려 엄마의 고통에 감정 이입하고 자신의 폭력에 격렬히 분노하면서 엄마의 고통을 생생히 받아쓰는 일을 하고 있음을 알게 된다.

　　만일 이 시의 화자가 가해자도 피해자도 아닌, 제3자의 목격자로서 엄마가 겪고 있는 폭력을 써 내려갔다고 가정해 보자. 읽는 자들 역시 이 안전한 위치에서 엄마의 고통을 묵묵히 관조하며 세상에서 매일 벌어지는 폭력에 별다른 감흥 없이 반응하듯 똑같이 쉽게 지나쳐 버리지 않았을까? 이소호 시의 급진성은 심지어 자신을 가해자의 위치로 옮겨 놓는 선택을 감행하면서 제3자의 목격자이자 방관자로서의 시적 자리를 완전히 삭제해 버렸다는 점에 놓여 있다. 생각해 보라. 가해자보다 폭력을 가장 가까이에서, 실시간으로 가장 생생하게 목격할 수 있는 사람이 있는가? 그 때문일까, 스스로 가해자의 자리로 걸어 들어가는 이소호 시적 주체의 결단은 벨벳 거미처럼 결코 엄마를 잡아먹는 자식이 되지 않으려는, 필사적이고 절박한 행위로 보인다. 한 가지 강조해야 할 것은 시인이 스스로 가해자-화자의 자리로 걸어 들어가는 바람에 독자들 또한 속절없이 이 자리로 끌려들어가게 된다는 점이다. 어떤 윤리적 정당성도 확보될 수 없는 이토록 불편한 위치에서 우리는 무엇을 읽게 되는가.

우리, 한계

그동안 문학 작품 내에서 폭력의 현장을 생생하게 묘사할 때, 그 묘사의 문학적 정당성은 현실에서 작동하는 법적 금기의 속박에 감금된 이들이 문학의 영역에서나마 상상력을 통해 법적 질서를 위반하고 전복한다는 논리 속에서 확보되었다. 최근 페미니즘 비평 담론을 통해 여러 번 지적되고 있는 바는 이때의 문학적 진실로서의 욕망이 철저히 가부장적 질서에 포획된 욕망이었기에 법적 질서에 대한 위반이라 믿었던 상상력이 사실은 약자를 향한 혐오를 실천한 것에 지나지 않다는 점이다. 그런데 어째서 이 사실이 이제야 통찰되기 시작했을까? 그동안 우리는 왜 그 것을 읽어 내지 못했을까? 어쩌면 인간의 진실을 '폭력을 향유하는 욕망'의 층위에서 규정하고, 이를 문학적 진실과 동일시하는 것에 대해 어떤 의문도 품지 않았다는 것이 그 모든 사태의 핵심이 아닐까?

그런데 「경진이네—거미집」을 읽어 낸 방식으로, 여성들 사이에서 벌어지는 폭력의 현장을 그린 다른 시편들을 읽게 되면 읽기 경험의 차원에서 놀라운 역전이 일어난다. 무슨 말인가. 시 속에서 가해자의 발화를 통해 폭력이 벌어지고 있는데도 화자와 읽는 자들은 그 폭력을 향유하기는커녕 이러한 폭력들을 발생시키게 만드는 '구조 자체'에 집중하게 되는 것이다. 이것은 차가운 몰입이다. 「동거」에서 자매가 서로에게 칼을 겨누고 있을 때, 읽는 자들은 가해자의 편에서 서서 감정 이입을 하며 폭력 자체를 짜릿하게 경험하는 것이 아니라 서로를 향해 적대할 수밖에 없는 '비좁음'을 가장 선명하게 읽게 되는 것처럼, 이소호의 시는 폭력을 향유하는 욕망의 차원에서 시적 진실을 정의하지 않는다. 오히려 이 모든 폭력을 '필연적인 것'으로 만드는 구조 자체를 시적 현실로 구축한 후 그 내부에서 서로를 향해 칼을 겨누며 적대할 수밖에 없도록 만드는 것이 무엇인가를 냉철하게 묻는 것이다.

벨벳 거미를 하나의 비유로 간주하고 이 비유에서 벨벳

거미가 가진 위치성을 가늠해 보자. 벨벳 거미가 자식에게 먹이로 잡아먹힐 때 어미 거미는 피해자의 위치에 놓인다. 그런데 어미 거미가 자신을 잡아먹는 자식을 낳을 수 있었던 것은 자신 역시 어미를 먹이 삼아 살아남았기 때문이라는 점에서 가해자의 위치에 놓여 있다. 즉 벨벳 거미의 존재는 피해와 가해의 위치가 구분되지 않고 순환하는, 폭력이 발생하는 조건이자 장소 그 자체라고 할 법하다. 그러니 할머니가 자신의 딸을 향해 "거미 같은 년"이라고 욕을 하고, 그 욕을 들은 엄마가 방문을 잠그고 울음을 터트릴 때, 욕을 하는 자와 울음을 터트리는 자는 '할머니-엄마-딸' 모두이다. 이러한 동시성이 서로에 대한 깊은 연루 속에서 이뤄진다는 점이 중요하다. 출산과 폭력, 살해가 트라이앵글처럼 서로의 꼬리에 꼬리를 무는 방식으로 순환하고 있는 것이다. 그렇다면 시 속에서 자식에게 강간을 당하는 엄마는 곧 딸이 겪게 될 미래이며, 엄마를 강간하는 딸의 행위는 엄마의 과거이기도 하다. 이소호의 시가 문제 삼고 있는 것은 바로 이러한 폭력의 구조 그 자체다.

그런데 이 시는 마치 김혜순의 「딸을 낳던 날의 기억」의 짝패와도 같지 않은가? 거울을 열고 들어가니 어머니가 앉아 계시고, 또 거울을 열고 들어가니 외할머니가, 또 거울을 여니 외증조 할머니가, 그렇게 마주 본 거울 속의 무한히 반복되는 상(像)처럼 어머니들이 일제히 나열되어 있다가 갑자기 나를 향해 "엄마엄마 부르며 혹은 중얼거리며/

입을 오물거려 젖을 달라고 외치며 달겨드는데"* 순간 거울이 한꺼번에 깨지며 "모든 내 어머니들의 어머니"를 낳던 그 압도적인 순간을 어찌 잊을 수 있겠는가. 아브라함이 이삭을 낳고 이삭은 야곱을 낳고 야곱은 유다와 그의 형제를 낳는…… 오로지 남성에 의해서만 서술되어 온 인간의 역사를, 지금으로부터 삼십여 년 전 김혜순이 시를 통해 여성의 관점에서 완전히 새로이 재구성했다면, 이소호는 여성의 역사가 어째서 '폭력과 살해'의 방식으로만 직조되도록 현실에서 강제되는지에 대해 분노 어린 질문을 담아 읽는 자들에게 시를 칼처럼 겨누고 있다고 봐야 할 것이다.

이런 고민 속에서야 선명하게 보이는 것은 이소호의 시에서 여성들이 서로에게 폭력을 가할 때, 그것은 언제나 가족 제도 안에서의 사건이라는 뚜렷한 특수성을 가지고 있다는 사실이다. 반드시 엄마와 딸, 언니와 여동생이라는 특정한 위치 속에서만 이러한 폭력이 발생한다. 이를 유념에 두고서야 "이제/ 가족을 말하지 않고 나를 말하는 방법은/ 핑계뿐이다"(「경진이네 — 거미집」)와 같은 구절에 선명하게 새겨져 있는 '지금 — 여기'에서의 현실의 한계를 매만질 수 있다. 즉 이소호가 목격자이자 방관자로서 기능할 수 있는 제3자의 자리를 과감히 삭제할 때, 이는 폭력에 대한 어떤

* 김혜순, 「딸을 낳던 날의 기억」, 『아버지가 세운 허수아비』(문학과지성사, 1985), 113쪽.

방관도 허락지 않는 독창적인 시적 전략이자 결단임에 틀림없지만 또 다른 한편으로는 가족을 말하지 않고서는 자신을 말할 수 없도록 강제하고 있는 현실의 한계 내에서 좌절하지 않을 수 없었던 뼈아픈 타협점으로 볼 수도 있는 것이다. 이 지점이야말로 『캣콜링』이 시를 통해 '지금-여기' 현실의 가장 근본적인 한계까지 가닿은 결정적 순간이라면, 이 시집에서 무엇보다 중요한 시어는 바로 '우리'다.

시인의 말("쟤는 분명 지옥에 갈 거야./ 우릴 슬프게 했으니까.")에서부터 시작되어 시집 전체에서 수없이 되풀이되고 있는 이 시어를 읽을 때 주의해야 하는 것은 각 시마다 지시하는 '우리'의 대상이 다양하기 때문이다. 예를 들어 1부에서 등장하는 거의 대부분의 '우리'가 엄마와 딸, 언니와 여동생의 관계를 지시한다면, 2부에서는 여성에 대한 범죄를 사소한 일탈로 취급하는 남성 가해자들의 연대를 지시하는 '우리'도 존재하며(「합의합시다」) 경진과 시진, 소호에게 끊임없는 언어폭력을 과시하는 남성들이 이들과의 관계를 지시할 때 사용하는 단어인 '우리'(「마시면 문득 그리운」) 역시 존재한다. 그럼에도 이소호의 시적 화자가 직접 '우리'라고 지칭하는 것은 오로지 첫 번째 경우에만 해당된다. 아버지와의 관계를 지시하거나, 남자친구와의 이성애 관계를 지시하는 말로도 드물게 등장하기는 하지만 한두 편에 그칠 뿐 가장 문제적인 관계 양상으로 드러나는 것은 바로 엄마와 딸, 언니와 여동생의 '우리'이다. 이것은 무엇을 뜻

할까?

　시집의 2부는 일상 속에서 흔히 듣게 되는 남성적 발화를 그저 있는 그대로 받아쓰는 방식으로 구축된 시들이 모여 있다. 가령, 단 한 줄이 전문을 이루는 「가장 사적이고 보편적인 경진이의 탄생」은 어떠한가. **"지는얼마나깨끗하다고유난이야못생긴주제에기어서라도집에갔어야지"** 성폭력 피해자를 비난하는 전형적인 사고방식을 보여 주는 이 발화는 "가장 사적이고 보편적인 경진이"를 탄생시키는 말이기도 하지만, 그 어떤 개별성도 드러내지 못하는 가부장적 주체의 자동화된 무능을 폭로하는 '인용'이기도 하다. 그 때문에 「오빠는 그런 여자가 좋더라」와 「마시면 문득 그리운」, 표제시인 「캣콜링」에서 기울임이 적용된 부분만 골라 읽을 때 드러나는 성희롱의 전형적 대사들은 단지 그대로 받아써서 전시하는 것만으로도 통쾌한 조롱의 효과를 발생시킨다.

　그럼에도 이 시들이 『캣콜링』에서 읽어 내야 하는 핵심적인 시편들이 아닌 이유는, 이소호의 시에게 있어서 가부장적 남성 주체에 대한 조롱이란 얼마든지 말할 수 있는 것, 즉 읽는 자들에게 아무런 분열도 일으키지 않고 뚜렷하게 들리므로 선명하게 '읽을 수 있는 것'의 편에 놓여 있기 때문이다. 이와 비교한다면 엄마와 딸, 언니와 여동생 사이에서 폭력적 행위들이 난무하는 시들의 경우 생략되거나 삭제된 것의 자리를 더듬어 분석하지 않고서는 말할 수도 들을 수도 없는 것, 즉 '읽을 수 없는 것'으로 나타난다는 점에서 읽는 자들이 반드시 '읽어야만 하는 것'의 표식을 떠안고 있다고 하겠다.

읽은 꿈

앞서 폭력의 장소에서 목격자이자 방관자로서의 제3자의 자리를 과감히 삭제하는 것이 이소호 시의 독창성이자 '지금-여기' 현실의 한계가 맞물리는 지점이라 썼다. 이때 현실의 한계란, 벨벳 거미에 대한 다큐를 보던 할머니가 엄마에게 "거미 같은 년"이라고 욕하지 않을 수 없었던 무엇, 할머니의 욕을 들은 엄마가 문을 잠그고 울음을 터트리지 않을 수 없었던 무엇, 제3자로서 목격한 이 날에 대해 스스로를 가해자의 위치로 전환한 후에야 비로소 써 내려갈 수 있었을, 그리하여 『캣콜링』에서 가장 문제적이고 인상적인 시를 써내고야 말도록 시인을 끝내 몰아가게 만든 무엇이라고 할 수 있을 것이다. '읽을 수 없는 것'의 자리에 놓여 있기에 이를 어떻게 이름 붙여야 할지 알 수 없지만, 한 가지 분명한 것은 "이제/ 가족을 말하지 않고 나를 말하는 방법은/ 핑계뿐이다"라는 한계를 시적 언어와 더불어 재구성해 보려는 노력 속에서 발생한 시라는 점일 것이다. 그러나 내가 이 시집에서 읽어낸 것들이 실제로 이 시집에 적

혀 있는 것의 '전부'라고 확신할 수 있을까?

얼마 전 김승희 시인은 한국 현대시의 과거와 현재, 미래를 짚는 글에서 1970~1980년대를 시인의 꿈과 독자의 꿈이 일치하는 희귀한 시기였다고 정의 내린 바 있다. 거대담론의 억압에 의해 함께 고통 받고 있었기 때문에 그것으로부터 해방되기 위한 같은 꿈을 꿨다는 것이다. 그러나 1990년대에 접어들자 시인들이 다원화된 개인적 내밀성을 가지게 되면서 더 이상 시인의 꿈과 독자의 꿈은 1970~1980년대처럼 일치하지 않고, 고독과 고립 속에서 내면의 불안 속으로 숨어들어가게 되었다는 것이다. 그렇다면 미래는 어떨까? 시인은 조심스럽지만 단호하게 말한다. "70년대나 80년대와 같이 거대담론에 한 목소리로 저항했던 시인과 시의 시대는 결코 다시는 오지 않을 것이다. 독자도 역시 마찬가지다. 시인과 독자 모두 미시담론이 중요해진 일상의 세계 속에 살고 있다. 시인과 같은 꿈을 꾸는 독자들이 많지 않으며, 무엇보다도 이제는 함께 꿈꾸는 시대가 아니게 되었다."*

그러나 2016년 5월 17일 강남역 살인사건을 기점으로 더욱 폭발적으로 활성화된 페미니즘 담론 이후, 예술계 성폭력 말하기 운동, 미투 운동을 통과하며 페미니스트 여성

* 김승희, 「한국 현대시의 과거, 현재, 그리고 미래」, 《문학사상》 2018년 5월호.

독자 집단이 더욱 급격히 성장하고 있는 2018년 12월의 시간이란 대체 어떤 시간인가. 이는 김승희 시인의 통찰을 빌려 동일한 거대 담론의 영향 속에서 시인과 독자의 꿈이 일치하는 1970~1980년대와도 다르고, 다원화된 개인적 내밀성으로 낱낱이 흩어져 있었던 1990~2000년대와도 다른, 아니 어쩌면 이 모든 시간이 모두 뒤섞여 있는 채로 유동하면서 이전에 살아본 적 없기에 알지 못하는 시간을 살고 있다고 해야 하지 않을까?

한 가지 분명한 것은 새로이 활성화된 페미니즘 담론 속에서 작가의 꿈과 독자의 꿈이 완전히 일치하지 않는다 하더라도 그러한 불일치, 즉 차이가 단절이 아니라 대화를 요청하는 계기로 작동하고 있다는 점이다. 『캣콜링』의 4부는 그에 대한 분명한 증거다. 여기에 수록된 시편들의 각주에서는 현대미술의 여성 아티스트들의 작업을 소개하며 이 작업물들에서 영감을 받았음을 밝힌다. 지면의 제한으로 이 시들을 상세히 다루지 못했으나, 각주를 따라 마리나 아브라모비치, 쉬린 네샤트, 니키 드 생팔, 실비아 슬레이, 트레이시 에민, 루이스 부르주아의 작업들과 이소호의 시를 나란히 놓고 읽을 때 더욱 도드라지게 만져지는 낙차와 간극을 즐길 수 있었던 것 역시 2018년 12월이기에 가능한 여성 예술가들과 수용자들 사이의 상호 작용이 담겨 있다고 봐야할 것이다.

글을 열며 2018년 12월에 이소호의 첫 시집 『캣콜링』을 읽는다는 것이 무슨 뜻인지를 물었다. 어째서 나는 「경진이네－거미집」을 이 시집에서 가장 문제적인 시편으로 골라 읽었던 것일까? 벨벳 거미에 대한 다큐에게서 할머니가 읽어 낼 수밖에 없었던 것, 할머니의 욕설을 들으며 엄마가 경험할 수밖에 없었던 어떤 치밀어 오르는 감정들, 이 모든 것을 경험하며 시인이 적어 내려갈 수밖에 없었던 것과 마찬가지로 나 역시 이 모든 연쇄 작용에 단단히 연동된 어떤 욕망이 작용하지는 않았을까? 그 때문에 시인이 그 시를 쓸 수밖에 없었던 것처럼, 나 역시 이 시를 오래도록 곱씹어 읽고 읽기를 반복하지 않을 수 없었을 것이다.

튼튼한 철제 상자를 하나 구해 미래의 자신에게 쓴 편지를 넣어 땅에 묻어본 적이 있는가? 이십 년 후, 같은 날짜에 모여 상자를 열어보기로 한 친구들이 끝내 나타나지 않아서 혼자 그 상자를 열었을 때, 흙이 묻은 손으로 당신이 읽게 되는 것은 무엇일까? 지금 내가 이 글에 무엇이라고 쓰든 간에 그것은 마치 오래도록 땅에 묻을 문장들을 써 내려간다는 느낌을 지울 수가 없었는데, 어쩌면 그것은 '지금'을 살아간다는 것이 대체 무슨 뜻인지 온전히 이해하지 못한 채로 살아갈 수밖에 없다고 생각하기 때문일지도 모르겠다. 그럼에도 이 깜깜한 무지 속에서 시를 읽고 무언가 써 내려가기를 택했고, 지금 쓸 수 있는 것들을 지금 써야 한다는 동어 반복적인 의무감 속에서 읽은 것들에 대해 썼다. 지금 이 글을 읽고 있는 당신의 시간은 언제인가? 당신

은 이 시집과 이 글에서 무엇을 읽어 낼지, 궁금하다. 그것
이 무엇이든 우리가 읽어 낸 것은 우리 자신과 우리가 살
아가고 있는 시간의 진실을 보여 준다고 믿는다.

지은이　이소호

서울예술대학교 문예창작학과를 졸업했다. 동국대학교 국어국문
학과 석사 과정을 수료했으며 2014년 《현대시》 신인상으로 등단했
다. 시집 『캣콜링』으로 제37회 〈김수영 문학상〉을 수상했다.

캣콜링

1판 1쇄 펴냄 2018년 12월 19일
1판 15쇄 펴냄 2024년 1월 24일

지은이 이소호
발행인 박근섭, 박상준
펴낸곳 (주)민음사

출판등록 1966. 5.19. (제16-490호)
서울특별시 강남구 도산대로1길 62(신사동)
강남출판문화센터 5층 (06027)
대표전화 02-515-2000 / 팩시밀리 02-515-2007
www.minumsa.com

ISBN 978-89-374-0874-8 04810
　　　978-89-374-0802-1 (세트)

＊ 잘못 만들어진 책은 구입처에서 교환해 드립니다.

민음의 시

민음의 시
목록